KB063345

그리고
바람이 불었어

옮긴이 김정하
한국외국어대학교와 대학원, 마드리드 콤플루텐세 대학교에서
스페인 문학을 공부했다. 스페인어권의 좋은 어린이, 청소년 책을
읽고 우리말로 옮기는 일을 하고 있다. 옮긴 책으로《도서관을
훔친 아이》《남극의 아이 13호》《고장난 하루》《수상한 할아버지》
《아버지의 그림편지》들이 있다.

¿Y ahora qué?

그리고 바람이 불었어

마리아 바사르트
김정하 옮김

양철북

아나와,

새로운 길을 찾는 모든 이들에게

1부

10월 13일

“자, 글을 써 봐.” 내가 눈을 뜨자 마리사가 이렇게 말하면서 공책과 볼펜을 내 침대에 올려놓았다.

아무것도 하고 싶지 않다.

10월 15일

나는 아나다. 나는 거지 같다. 아니야. 하느님……!

10월 18일 (오후 세 시에)

사랑하는 일기야…….

우습다! 모르겠다. 방을 같이 쓰는 친구 마리사가 미쳐 버리지 않으려면 글을 쓰는 것이 최선이라고 말했다. 하지만 정말 미쳐 버리지 않을 수 있을지 모르겠다. 글이 써지지 않는다. 마리사는 몇 년째 글을 써 왔기 때문에(아홉 살 때부터 글을 썼다고 한다) 힘든 일이 아닐 수도 있다. 하지만 나는 한 번도 글을 쓸 생각을 하지 못했다.

내가 진짜로 느끼고 생각하는 것을 써야 한다는 것, 그리고 집에 있는 누군가 (특히 그 사람이) 내가 쓴 글을 읽어 볼 수 있다는 생각만 해도 숨이 막히고 글이 안 써진다! 여기는 다르다는 것도 안다. 하지만 언제나 호기심이 많은 사람은 있을 수 있다. 나는 부끄러워서 죽어 버릴 거다!

마리사는 걱정할 것 없다고 한다. 내가 보여 주고 싶지 않으면 아무도 관심 갖지 않을 거라고. 글쓰기는 마음을 가볍게 해 주고 위로가 될 거라고 말이다. 하지만 그 말이 믿기지 않는다. 게다가 일기를 쓰는 건 나에게는 무척 어려운 일처럼 보인다. 어디서부터 시작을 해야 하지? '모든 걸 다 이야기하는 거야. 머릿속에 스쳐 가는 모든 걸 말이야.' 마리사는 이렇게 말했다. 마리사에게는 쉬운 일이다. 진통제 양을 줄인 뒤로 마리사는 하루 종일 쉬지 않고 이야기를 하면서 지낸다. 나는 글을 쓰고 싶어서 뭘 쓸까 생각해도 단 한 줄도 써지지 않는다. 아, 오늘은 적어도 내가 글을 쓸 능력이 없다는 말을 쓸 수 있었다. 우습다. 일기를 쓰기에 좋은 시작은 아닌 것 같다.

10월 20일 (일요일)

방문의 날.

아무도 나를 찾아오지 않을 것이다.

사랑하는 일기야. 나는 슬프다.

10월 22일

사랑하는 일기야. 마리사는 가 버렸다. 마리사 엄마가 오늘 아침에 데리고 갔다. 이제 나는 혼자다. 괜찮다.

마리사가 분홍 펜을 선물해 줬다. 그 펜으로 글을 쓰고 있다.

아직도 22일이다. 하지만 이미 열두 시가 다 되어 가고 있다. 마리사가 없어서 슬프다. 나는 놀랐고 잠을 이룰 수 없다. 그저 지난 일만 떠오른다. 여기 온 지도 보름이 지났다. 일이 어떻게 될지 아직 듣지 못했다. 사고 이후에 그들에 대해서 아무 이야기도 못 들었다.

내 동생은 운이 좋았다. 이모와 이모부와 함께 갈리시아로 갔다. 일이 해결되면 나도 데려가 주겠다고 약속했다. 하지만 언제 일이 해결될지 아무도 설명해 주지 않는다. 틀림없이 엄마는 아직도 병원에 있을 것이다. 그 사람에 대해서는 아무 이야기도 못 들었다.

나는 두렵다!

10월 23일

나는 모든 것을 다 쓰고 이야기하려고 한다. 마리사의 말이 맞았다. 밤새 한숨도 못 잤다. 그래서 결심을 할 수 있었던 것 같다. (할 수 있다면) 처음부터 시작하겠다. 이렇게 하면 적어도 뭔가 분명해질 것 같다. '사랑하는 일기야'라고 부르는 일은 하지 않겠다. 적어도 지금은 그럴 생각이다. 이상하니까. 아무도 읽어 보지 않기만 바란다.

(알림: 이 일기장을 손에 넣었다면 그대로 두도록 해. 하면 안 되는 일이었어. 정직해져. 이 공책을 덮어. 지금 당장!)

이제 마음이 좀 편해졌다. 완전히 진정이 된 건지는 모르겠지만. 정직이라는 말을 쓰고 보니 나 역시 정직하지 않다는 생각이 든다. 그러면 나는 뭐지? 나중에 다시 써야겠다. 식당으로 갈 시간이다.

밤이다. 글을 쓰기에 가장 좋은 시간이다. 이제 아침까지는 방 밖으로 나갈 이유가 없다. 천천히 차분하게 생각할 수 있다. 시작한다.

내 이름은 아나다(성은 중요하지 않다. 아니 말하고 싶지 않다). 하지만 나는 비올레타라고 불렸으면 좋겠다. 비올레타라는 이름이 정말이지 너무 좋다. 세상에서 가장 예쁜 이름인 것 같다. 책에서 그 이름을 읽은 적이 있다. 그 이름의 소녀가 나 같았다. 약간 웨이브 진 밤색의 긴 머리 소녀였다. 반쯤 땋는 걸 좋아했다. 눈 색깔은 꿀 같았다. 말랐고 피부는 투명했다. 그렇게 책에 묘사되어 있었다. 그녀는 평화를 좋아했다. 사람들과 잘 지내는 것을 좋아했고, 함께 사는 사람들에게 사랑받는 것도 좋아했다. 그러지 않은 사람이 어디 있을까? 나보다 나이가 많았다. 비올레타의 삶이 아주아주 멋진 것은 아니었지만 자신이 행복하다고 느꼈다.

거기서부터 이제 우리는 닮지 않았다. 왜냐하면 비올레타는 마음 놓고 길을 잃을 수 있는 울창한 숲이 자리한 시골 마을에 살고 있었다. 그곳에서 꿈을 꾸기도 했고 심지어는 나무와 꽃, 동물들과도 이야기를 나누었다. 남자 친구도 있었다. 나중에 사랑하는 사람이 되었다. 그리고…… 그랬다. 모든 낭만적인 이야기처럼 행복한 결말로 끝이 났다. 물론 아주 오랜 옛날이었다(중세나 뭐 그랬던 것 같다). 지금은 그런 일들은 불가능하다. 하지만 그 책을 읽고서 나도 그렇게 살 수 있다면 얼마나 좋을까 생각했다.

언젠가 로또를 산 적이 있다는 사실을 고백해야겠다. 엄청 많은 돈이 당첨되면 멀리 떠나서 새로운 생활을 시작하려고 했다. 스코틀랜드로 갈 것이고 그러면 나는 자연스럽게 비올레타가 될 것이었다.

물론 로또는 당첨되지 않았다. 게다가 얼마나 터무니없는 계획이었는지도 알게 되었다. 모든 사람은 저마다 자기 자신인 것이다. 아무리 다른 사람의 삶을 살고 싶어 한들 어떻게 그럴 수 있겠는가! 우리에게 주어진 그대로의 삶을 견디는 수밖에 없는 것이다. 내가 그 사실을 알았더라면!

이런……. 나도 모르는 사이에 아무도 모르는 것을 말해 버렸다. 아마도 내가 계속 일기를 써 나갈 수 있을 것 같다. 기쁘다. 누군가와 말을 한다는 것은 기분 좋은 일이다. 비록 그 누군가가 공책일지라도 말이다. 이곳에서는 특별히 이야기를 나눌 만한 친한 친구를 사귈 가능성이 별로 없다.

이제 잠을 자야겠다. 하지만 그 전에 내 이름은…… 내 이름은 아나이며 열다섯 살이라는 사실을 말하고 끝내야겠다. 나는 예쁘지도 않고 그렇다고 못생기지도 않았다. 크지도 작지도 않고, 뚱뚱하지도 마르지도 않았다. 그러니까 나는 보통이다.

여기 온 지 한 달 가까이 되어 간다. 여기는 문제가 있거나 정신이 불안정하거나 뭐 그런 여자애들이 들어오는 보호센터다.

나에게는 반은 병원이고 반은 감옥인 셈이다. 물론 그 말은 내 맘대로 나갈 수 없다는 뜻이다. 처음에 나는 이곳을 좋아했다. 내 방이 있고 내 침대가 있고 식사가 나오고 춥긴 하지만 산책할 수 있는 커다란 정원(내 동생이 정말 좋아할 만한 정원이다)이 있는 곳에서 산다는 건 평화로운 일이다. 아직 가 보지는 않았지만 도서관도 있다.

이미 말했듯이 여기 사는 건 호텔에 있는 것과 같다. 불안할 것도 없고 긴장할 것도 없고 소리치는 사람도 없다……. 끔찍한 곳에서 떨어져 사는 것이다. 때때로 여기에 있는 게 좋다는 생각을 한다. 휴가처럼 느껴진다. 모든 기억이 몰려오는 순간들이 있다는 게 나쁠 뿐이다. 특히 그날의 기억은……. 그러면 고통스러워진다. 그만두는 게 낫겠다. 자고 싶다. 한마디라도 더 한다면 걷잡을 수 없어질 거다.

10월 24일

오늘은 두 가지 소식이 있다. 온종일 그 생각을 하며 지냈다. 오늘 밤에 잠을 잘 수 있을지 모르겠다. 기분이 좋지 않다. 불안하다.

내 사건을 맡은 변호사를 만났다. 변호사는 걱정하지 않고 있어도 된다고 했다. 문제없을 거라고 말을 해 줬다(내 문제인지 아니면 그의 문제인지는 모르겠다). 나에 대한 변론은 긴장으로 인한 '순간 정신 이상'에 비중을 둘 거라고 했다. 사실 나도 잘 모르겠다. 갑자기 내가 미쳐 버렸던 것 같고 그래서 그런 일을 저질렀던 것 같다.

그 변호사를 완전히 믿지는 못하겠다. 내가 사람이 아니라는 듯 묘한 눈초리로 나를 바라본다. 나한테 이야기하면서 다른 생각을 하고 있는 것처럼 보인다. 물론 나는 목록에 있는 사건 이상은 아닐 거다. 단순한 업무 말이다.

변호사와는 딱 두 번 만났다. 법원에서 사건에 대한 평가가 나오면 한 번 더 만날 것 같다. 그때 나에게 법원의 판결을 알려 주면 사건이 종료되는 것이다.

하지만 나는 사람이고 감정이 있다. 안 그런가? 아무에게도 차마 말하지 못하는 일들이 있다.

예를 들어 나를 감옥이나 소년원 같은 곳으로 보내 버

릴까 봐 너무나도 두렵다. 변호사가 그런 일은 일어나지 않을 거라고, 나에겐 이모와 이모부가 있다고 말을 해 줘도 마음속 깊은 곳에 떨쳐 버릴 수 없는 두려움이 있다. 아무 일도 일어나지 않은 것처럼 있을 수는 없다. 아무리 심각한 일이 아니라고 말해 준다 하더라도 사건은 일어났으니까.

또 내가 여기에서 나갔을 때 닥칠 일들을 생각하면 그것도 두려운 일이다. 어디를 가든 일어난 일을 생각하지 않을 수 없을 테고, 그건 여기에서도 마찬가지이지만 나 자신으로 존재할 수 없게 만드는 요소다. 모든 사람이 그 사건을 알고 나를 이상한 눈으로 바라볼 것만 같다. 사람들이 수군댈 걸 생각하면 얼굴이 달아오른다.

울고 싶다. 최근 들어 나는 너무 많이 울었다. 힘을 다 쏟아 버렸다.

다른 소식은 원장님이 오늘 병원에 전화를 걸어서 우리 엄마에 대해 물어봤다는 사실이다. 엄마는 계속 병원에 있다. 상태가 호전되고는 있지만 정신이 아직 온전하지는 않다고 했다. 자신이 누구이며 어디에 살고 자녀가 있는지 정도는 기억을 하는 것 같다. 하지만 완전히 기억하지 못하는 일들이 있다고 한다. 엄마는 시간 개념을 잃어버렸다. 더 심각한 건 누군가 엄마를 감시하고 있고 엄마를 죽이려고 쫓아오고 있다는 말을 계속 반복한다는 것이다. 원장님이 말씀해 주셨다. 정신과 병동으로 엄마를 옮겼으니 거기에서 치료를 할 거고, 최소한 한 달은 더 걸릴 거라고 한다. 그다음에 다시 상태를 봐야 할 것이다.

나는 너무 불안하다. 여기로 오기 전에 사흘 동안 병원에 있었다. 전혀 좋은 곳이 아니다. 신경 발작을 일으켰기 때문에 반은 넋이 나가 있었다. 그러나 발작이 가라앉고 나서는 주위에서 일어나는 일을 완벽하게 보고 들을 수 있었다. 절망스러웠다.

병원이 육체의 상처는 치료해 줄 수 있다. 그러나 영혼의 상처는 아니다. 정말 너무나도 운이 좋아서 그 문제에 대한 훌륭한 전문가를 만나지 않는 한 말이다.

이제 그만 써야겠다. 잠을 자야 한다. 나에게 숙면이 얼마나 중요한지 알게 되었다. 잠을 잘 자야 하고, 악몽에 시달리지 않아야 한다(어떻게 그럴 수 있을지는 모르겠다).

내일은 방 정리를 해야 하는 날이다. 원장님이 이틀 안에 새로운 룸메이트가 올 거라 방 정리를 해야 한다고 말씀하셨다. 반가운 소식인지 아닌지 모르겠다.

10월 25일

방금 잠에서 깨어났다. 그런데 밤까지 기다릴 수가 없다. 밤이 되면 기억이 나지 않을 테니까. 정말 이상한 꿈을 꿨다. 꿈이 마음에 들었다. 그래서 꿈 내용을 쓰려고 한다.

나는 침대에 있었고 팔을 뻗어 베개 밑으로 넣으려고 했다. 하지만 나는 매트리스 속으로 가라앉는 중이어서 내가 원하기만 한다면 매트리스 아래로 빠져나갈 수 있을 것 같았다. 나는 본능적으로 팔을 들어 올려 힘을 줬다. 놀랍게도 내 힘으로 일어나 앉았다. 내가 침대 위에 떠 있었다. 거의 천장에 닿을 만큼 올라갔다. 천장을 만질 수 있었다. 가볍고 연약한 비눗방울 같은 느낌이었다.

헤엄을 치듯 몸을 움직였다. 그러다 문에 가까워져서 심하게 부딪힐 거라고 생각했는데, 어느새 나는 문밖 복도에 있었다.

무게를 느끼지 않고 날아가는 느낌은 좋았다. 한 곳에서 다른 곳으로 이동할 수 있었다. 어두웠는데도 바닥에 있는 타일의 선까지 선명하게 보였다. 어떻게 내려갈까 생각하고 있는데 갑자기 심하게 떨어지는 느낌이 들었다. 그때 눈을 떴다. 나는 침대에 있었다.

10월 26일

이제 새로운 룸메가 왔다. 이름은 마리아다. 아직 별다른 얘기를 해 보지 못했다. 그 점에서 아마 우리가 서로 비슷한 것 같다. 마리아는 여기에 잠깐만 머물 거라고 한다. 왜 이곳에 왔는지는 모르겠다. 물어보지 않을 거다. 나에게도 물어보지 않았으면 좋겠다.

마리아는 지금은 잠이 든 것 같다. 이때를 이용해서 일기를 쓴다.

오늘은 아무 일도 일어나지 않았다. 생각할 시간조차 없었다. 정말 좋다!

10월 27일

나는 일요일을 증오한다. 전에도 일요일이 싫었다. 특별히 할 일이 없다. 이곳은 일요일이 방문 날이다. 나에게는 특별한 방문 약속도 없다. 최근 들어 한 번 정도 누군가 나를 찾아와 주어도 좋겠다는 생각을 했다. 스피커를 통해 내 이름이 불리면 내려가서 아는 얼굴을 만나고 그 사람이 나에게 "잘 지내?" 하고 물어봐 준다면 얼마나 좋을까. 하지만 아무도 없다. 두세 명이 있기는 하지만 멀리 있다. 허가를 못 받았을 수도 있다. 아니면 나를 만나서 무슨 말을 해야 할지 너무나 막막할 수도 있다. 나도 그렇다.

마리아를 찾아온 사람도 아무도 없었다. 하지만 전화는 한 통 받았다. 마리아는 신나 보였다. 기분이 좋았던 것 같다. 심지어는 두 시간 전에 잠자리에 들면서 나에게 "잘 자" 하고 인사를 건넸다. 그리고 여기에 오래 있지 않을 거라는 말을 또 했다. 그렇게 믿고 싶은 건지 사실인지 모르겠다.

10월 29일

초조하다. 이틀 동안 그치지 않고 비가 내렸다. 춥다. 그리고 너무 쓸쓸하다. 회랑을 한 바퀴 산책하려고 정원으로 나갔다. 밖에는 아무도 없었다. 온통 진흙투성이에 지저분해졌다. 나는 이런 날을 좋아하지 않는다. 나도 전염되는 것 같다. 슬픈 풍경을 바라보면 마음이 쓸쓸해진다. 시간은 영원처럼 느껴졌고 아무것도 하고 싶지 않았다. 잠시 복습할 시간을 가졌을 때도 집중할 수가 없었다.

그러니까 왜 공부를 해야 하는지조차 알 수 없었다. 내가 다시 학교로 돌아갈 수 있을까. 다들 내가 어디에서 왔는지, 내가 누구인지 알고 싶어 할 텐데 나는 설명할 준비가 되어 있지 않다. 설명할 수 없을 것이다. 내가 사실을 말한다면 아무도 내 얼굴을 다시는 보려고 하지 않을 테고, 내가 거짓말을 한다면 나 스스로가 오래도록 견딜 수 없을 것이다. 일기야. 너라면 어떻게 하겠니?

휴! 나는 예민하고 초조하다. 이 시간이 빨리 지나간다면 얼마나 좋을까! 가슴이 두근거린다. 뭔가 하고 싶은데 그게 뭔지 모르겠다.

10월 30일

이제 끝났다. 이제 지나갔다. 여기에 오래 머무르지 않을 거라고 했던 말은 맞았다. 무척 영리한 아이라는 걸 알았어야 했는데! 마리아는 가 버렸다. 자기 마음대로 간 것이다. 그러니까 탈출을 했다! 어떻게 탈출을 했는지 모르겠다. 사람들이 나를 괴롭힌다. 내가 뭔가 알고 있었는지, 마리아가 나에게 무슨 말을 했는지 물어본다.

마리아는 오늘 아침에 "봐. 이제 비가 안 오네. 오늘 나를 기다릴 거야"라고만 말했다. 그뿐이다. 바로 이 거리에서 누군가 마리아를 기다리고 있으리란 걸 내가 어떻게 알았겠는가!

마리아가 잘한 건지 아직 모르겠다. 겁이 많아서가 아니다. 쫓기면서 사는 것이 어떤 건지 나는 넘치도록 알고 있다. 이제 마리아는 쫓기면서 살게 되었다. 사실 그건 기분 좋은 일은 아니다. 루이스와 사귈 때 잠시 그런 시간을 보냈다. 루이스는 내 친구다. 아니, 친구보다 조금 더 가까운 사이. 그 시절 하루 종일 촉각을 곤두세우고 지냈다. 조심하지 않으면 그 사람이 우리를 찾아낼 수 있다는 사실을 알고 있었기 때문이다. 우리가 처음 입맞춤했을 때 들켜 버린 뒤로 스트레스가 너무 심했다. 루이스는 생각을 많이 했고 나와 거리를 두었다. 나는 계속 루이스를 사랑하고 있다. 아닌가?

루이스 이야기를 하는 건 아직도 힘들다. 특히 이제는 완전히 끝났다는 사실을 너무나도 잘 알고 있기 때문에 마음이 아프다.

나는 사랑은 존재하지 않는다고 결론을 내렸다. 사랑이란, 소설에 나오는 결코 끝나지 않는 사랑이란 책 속에나 있는 것이다. 사랑에 빠지면 둥둥 떠다니는 것 같고 사물들이 느리게 움직이는 것 같기도 하다. 너무나 경이롭고 영원할 것 같은 느낌. 하지만 그건 처음에만 드는 느낌이다. 그리고 결국 그 느낌은 끝나기 마련이다. 그건 사랑이 아니다. 시간이 지나면서 차차 변하는 감정일 뿐. 누군가를, 수많은 사람을 사랑할 수는 있다. 하지만 사랑한다는 건……? 믿을 수 없다!

좋은 예가 있다. 우리 부모님이다. 사실 나는 부모님에 대해서는 말하고 싶지 않다. 두 분도 어느 때인가는 다른 사람들처럼 서로를 사랑했을 것이다(사실 그것도 의심스럽지만). 하지만 지금 어떤지 한번 본다면!

나는 마지막 순간까지 루이스를 사랑했다. 진정한 사랑이었다. 내 나이에 사랑을 할 수 없다는 말은 하지 말기를. 왜냐하면 사랑이었으니까. 굵은 글씨가 아닌 평범한 글씨의 사랑이었다 해도 말이다. 루이스를 알게 되었을 때(학교에서였다) 정말 멋져 보였다. 그뿐이었다.

루이스가 먼저 다가왔다. 나는 그 애를 어떻게 대해야 할지조차 몰랐다. 하지만 점점 더 좋아하게 되었다. 루이스는 마침내 나에게 사귀자고 말했고 나는 완전 감동받았다. 물론 루이스에게 그렇게 말하지는 않았다. 하지만 그 전에는 아무도 나에게 사귀자는 말을 하지 않았던 터라 나는 팔짝 뛰어서 루이스의 목을 끌어안고 싶었다.

우리는 사귀기 시작했다. 그리고 점점 더 내가 루이스를 필요로 하고 있다는 사실을 깨달았다. 우리의 사랑은 다른 세상의 것이 아니었다. 그러니까 전혀 특별한 일이 아니었다는 말이다. 같이 산책하고 음료수를 마시고 영화관에 가고……. 나는 루이스와 함께 몇 시간이고 이야기해도 전혀 힘들지 않다는 사실이 너무나도 좋았다. 처음 경험하는 일이었다.

하지만 이미 말했듯이 모든 것은 끝났다. 그리고 나는 약간 배신감을 느낀다. 루이스에게 내 마음을 온통 다 주었다. 나는 놀랐고, 상처를 입었고, 끝이 났다. 관계가 끝났지만 감정이 모두 지워진 건 아니다. 어쨌든 시간이 지나면 변하는 그런 사랑이었다.

결론은, 다시는 같은 실수를 하지 않겠다는 거다. 내가 언젠가 다시 사랑을, 아니 사랑을 느낄 수 있을지 모르겠다. 지금은 수많은 파편으로 조각난 나를 다시 추슬러야 한다.

11월 3일

아무 생각도 하고 싶지 않다. 오늘은 아무 생각도. 너무 많은 시간이 지났는데 점점 더 혼란스럽기만 하다. 내 인생이 어떻게 될지 아직 아무 말도 듣지 못했다. 어떤 해결책이 나온다 해도 두렵고 무섭다.

이모를 따라가는 편이 여기에 갇혀 지내는 것보다 좋을까? 내 앞에 있는 유일한 두 가지 가능성이다. 물론 가족과 함께 지내는 편이 조금은 나을 것이다. 하지만 말하기 좋아하는 사람들이 이런 상황이라는 걸 알기라도 한다면……. 하느님! 내가 뭘 하려는 거지?

게다가 오늘 날씨는 끔찍하다. 온통 회색빛이다. 안개도 꼈고 비도 조금 온다. 유리창은 흐릿하다. 바깥 날씨가 춥다는 말이다. 내 마음속에서도 찬 기운이 느껴진다. 모든 것이 쓸쓸하기만 하다. 죽음, 죽음, 죽음, 죽음, 죽음처럼…….

내가 왜 이런 걸 쓰지? 미쳐 가고 있나 보다!

11월 6일

최근 들어 약을 먹어야 했다. 상담 선생님과 의사 선생님이 지난 사흘 동안 나와 함께 오랜 시간을 있어 줬다. 내가 진정제를 먹고 정신없이 잠을 자는 동안에 일기장을 읽지 않았을 거라고 믿는다. 버티려고 무진장 애를 썼지만 너무 졸려서 내내 눈을 뜨고 있을 수가 없었다.

오늘 아침에 선생님들이 다시 나를 방문했다. 먼저 의사 선생님이 왔다. 약하게 병이 재발했다고 했다. 하지만 오늘은 괜찮다. 이 사람이 뭘 알까!

그 뒤 아나 상담 선생님이 왔다. 내 이름이랑 똑같다. 그래서인지 조금 더 가깝게 느껴지는 것 같다. 선생님은 아주 친절하다. 그리고 내가 하는 이야기를 일일이 다 기록하지 않는다. 그랬더라면 참을 수 없었을 것이다.

내 기분이 어떤지 한참 동안 이야기를 나누었다. 사실 뭔가 알아내려고 말을 걸어오는 것이다. 처음에는 아무 말도 하고 싶지 않았지만, 아나 선생님과 이야기를 나누고 나서 기분이 조금 좋아졌다. 울었지만 괜찮다. 왜냐하면 아나 선생님이 무척 잘 대해 줬기 때문이다. 실현 가능성이 없는 충고를 한다거나 알지도 못하는 내 성격에 대해 말을 한다거나 그러지 않아서 좋다. 정말로 들어 줄 줄 아는 분이다. 하지만 솔직해지는 게 쉽지는 않다.

선생님은 이야기를 다 듣고 나서 내 사건이 법원에서 어떻게 진행되고 있는지 알아보겠다고 했고, 이모와도 연락을 해 보겠다고 했다. 일을 더 빨리 해결할 수 있는 방안을 찾아보기 위해서다. 진심이라는 느낌을 받았다. 이 모든 복잡한 일들이 어떻게든 빨리 해결되기만을 바라고 있다. 이미 다 결정되었다면 얼마나 좋을까. 나는 당장이라도 폭발할 것 같다.

11월 7일

오늘은 특별한 일이 없었다. 아무것도 하지 않고 어슬렁거리며 하루를 보냈다. 이제 나는 수많은 사람과 있으면서도 동시에 완벽하게 혼자일 수 있다는 사실을 깨달았다. 외로움이란 얼마나 슬픈 일인지! 하루 종일 요리사 말고는 아무와도 말을 나누지 않았다. 요리사가 아침 식사 때 나에게 카페라떼를 마실 건지 코코아를 마실 건지 물어본 게 전부다. 그 다음에는 정원에 잠시 나갔었고(아직도 계속 춥다), 내 여동생 생각을 했다. 동생이 잘 지냈으면 좋겠다. 적어도 그 아이만이라도 새로운 생활 속에서 행복했으면 좋겠다. 거기도 추울 거다. 그러나 추위가 동생에게 중요하지는 않을 것이다. 빛이 있고, 공기가 있고, 자연이 있고, 가까이에 친구가 있다면 괜찮을 거다. 그 어린 나이에 무슨 일을 겪었는지 아무도 상상할 수 없겠지.

집에서 지낼 때는 계속되는 공포로 몸을 떨었다. 어느 날 동생은 집에 돌아오지 않고 학교에 남아서 잠을 잤으면 좋겠다고 비밀스럽게 말했다.

동생은 나보다 더 똑똑하다. 적어도 공부 면에서는. 그리고 어떻게 친구를 사귀어야 하는지도 잘 안다.

동생이 보고 싶다.

아, 다시 내 이야기를 해야겠다. 점심에는 식탁에 나 혼자 앉아서 아주 빨리 먹었다(그래서 나중에 배가 아팠다). 도서관에 가려고 했지만 안에서 아이들 셋이 뭔가를 보고 있어 들어가지 않았다. 수업은 빼먹었고 간식 시간에는 텔레비전으로 어린이용 공포 프로그램을 하나 봤다. 그러고 나서 내 방으로 올라와 침대에 누워 지냈다. 너무 오래 누워 있어서 몸이 얼어붙을 지경이었다. 저녁 식사를 하러 내려갔다가 다시 방으로 올라왔다.

그리고 왜 쓰고 있는지도 모르면서 지금 이렇게 일기를 쓰고 있다. 내가 처음에 말했던 것, 그러니까 아무도 내가 살았는지 죽었는지조차 모르게 살 수 있다는 걸 더 잘 인식하고 싶어서일 것이다. 그런데 그건 왜지? 여기서는 아무도 다른 사람한테 전혀 관심이 없기 때문인 것 같다.

여기는 사람들이 들어오고 나간다. 그렇다! 검진을 하고 온갖 테스트와 검사를 한다. 하지만 모두 겉으로 보이는 것들만 다룬다. 아무도 내면을 들여다보지 않는다. 각자가 생각하고 느끼는 게 몸의 반응으로 나오는 것인데. 훨씬 더 많은 것들이 그곳에, 각자의 마음 깊은 곳에 남아 있는데 아무도 그것을 보려고 하지 않는다. 아니, 아무도 보여 주고 싶어 하지 않는다.

아! 이런 생각을 하면 나는 다시 왜 그 일이 일어났는지, 도무지 끝나지 않는 질문으로 돌아오게 된다. 왜 나한테 그런 일이 일어났을까? 왜 내가 그랬어야 했지? 나를 최근 몇 년 동안 이렇게 살게 하고 지금 여기까지 오도록 명령한 게 누구지? 나에게 날마다 명령을 하고 내가 내일 할 일과 한 달이나 2년 안에 할 일을 알고 있는 누군가가 있다는 말인가? 내 삶이 마음에 들지 않지만 다른 선택의 여지가 없다면 어떻게 될까? 나한테 있는 것을 바꾸기 위해서는 뭘 어떻게 해야 하는 걸까? 바꿀 수 있을까? 선택은 누가 할까?

11월 11일

지금은 밤 열한 시 반이다. 밖에는 눈발이 날리고 있다. 아나 선생님이 준 메모를 방금 아홉 번째로 읽었다. 사실 변호사들과 의사들이 사용하는 언어는 이해하기 어려울 때가 많다. '자기방어'와 '신경 발작'이 무슨 말인지 물론 알고 있다. 왜냐하면 아나 선생님이 설명해 줬기 때문이다. 그런데 '병의 경과에 따른 심리 처방 이후 검사가 필요한 일시적인 결정'이라니. 휴! 설명을 들었는데도 잘 이해할 수가 없다. 나한테 일어났던 일이 내 신경 계통과 머리에 이상이 있었기 때문이라는 말인지, 아니면 그 사람이 나를 공격하자 나는 누구나 보일 수 있는 반응을 보였던 것이고 이후에 신경 발작이 왔다는 말인지.

어찌 됐든 일주일이나 열흘 안에 사건에 대한 답을 들을 수 있을 테고, 이곳에서 나갈 수 있는지도 알게 될 거다.

이모는 나를 데리고 갈 준비가 되어 있다. 이모와 함께 살게 될 가능성이 가장 높다.

모르겠다. 기분이 묘하다. 전에는 이 순간을 기다렸다. 그런데 지금 마음이 편하지만은 않다. 어쨌든 갇혀 지내는 것보다는 낫겠지. 아나 선생님 말씀처럼 나에게 기회가 될 수도.

11월 12일

두렵다! 불안하다. 너무 두렵고 불안해서 다시 손톱을 깨물기 시작했다. 한동안 손톱을 깨무는 버릇이 생겨서 피가 날 정도로 깨물었던 적이 있다. 루이스와 사귀기 시작하면서 루이스가 끔찍한 손을 볼까 봐 부끄러워 손톱을 깨물지 않기로 했다. 나는 해냈다. 물론 가끔은 교실에서나 집에서 유혹을 물리치려고 손바닥을 깔고 앉아야 했지만 말이다.

아직 아무것도 모른다. 분명한 게 하나도 없다. 하지만 준비해야 할 것 같다.

11월 13일

하루하루가 점점 더 지루하게 느껴진다. 점점 더 긴장된다. 이제 내가 여기에서 얼마나 나가고 싶은지 분명하게 알게 되었다. 사람들과 이야기를 나누지 못한대도 여기에서 나가야 한다. 사람들을 보고 싶다. 특히 내 동생을 보고 싶다. 다른 사람들은 관심 없다. 그래. 봐야 한다면, 참을 수는 있다.

11월 14일

나흘밖에 지나지 않았는데 4년이나 된 것 같다. 나흘 전에 아나 선생님이 8일에서 10일 정도 기다리라고 말을 해 줬다. 뭔가 중요한 일을 기다릴 때 그 시간이 얼마나 길게 느껴지는지! 하지만 결국은 우리가 알아차리지 못하는 사이에 시간이 지나가고 그 시간은 온다. 제대로 신경을 쓰고 있지 않으면 모든 일이 다 지나가고 난 뒤에 별거 아니었다는 생각까지 들 수 있다.

내가 원하든 원하지 않든 간에 일어나고야 말 별거 아닌 일 때문에 절망에 빠지지 않기 위해서, 나는 무엇이 더 중요한 일인가를 배워야 한다. 하지만 그건 정말 어려운 일이다!

11월 15일

잠이 달아났다. 내가 얼마나 괴로운지 아무도 상상할 수 없을 거다.

동생과 이모와 전화 통화를 했다. 카르멘은 잘 지내고 있는 것 같다. 전과는 조금 달라진 것처럼 느껴졌다. 성숙해진 것 같다. 조금 진지하다. 오랫동안 이야기를 나누지 못하고 지냈기 때문에 어떻게 말을 시작해야 할지 어색했다. 빨리 만나고 싶다.

이모는 여기에 있는 누군가가 나를 이모네 집으로 데려다줄 수 있는지 물었다고 했다. 어떻게 이모에게 연락을 했는지 모르겠다. 이모는 허가 비슷한 것을 내주는 서류를 기다리고 있다. 그러니까 나는 곧 이곳에서 나가게 될 것이다(그러기를 바란다!).

11월 16일

나는 좀 바보 같다. 오늘에서야 결심했다. 충동이었는지도 모르겠다. 아침 식사 후에 방 청소를 끝내자마자 도서관으로 내려갔다. 도서관에 들어가니 제일 끝에 있는 창문을 통해 들어오는 한 줄기 햇빛으로 마법 같은 장면이 펼쳐졌다.

순간 모든 것이 멈춰 버렸다. 생각마저도. 열람실 한가운데 놓인 책상 주변을 걷기 시작했다. 책이 가득 꽂힌 책장과 침묵이 나를 감쌌다. 아무도 없었다. 너무 좋았다. 아직도 내 안에 종이와 먼지 냄새가 느껴진다!

두어 바퀴 돌고 나서 팔을 뻗어 책들을 하나하나 만져 보았다. 나도 모르는 사이 한 권을 손에 들고 있었다. 너무 두껍지도 크지도 않은 평범한 책이었다. 무심코 책을 펼쳤다. 글자가 아니라 긴 문장의 시작을 표시해 주는 두 개의 까만 별표만 눈에 들어왔다. 책의 본문과는 다른 글자체로 쓰인 문장이 두 줄 있었다. "네가 투쟁하는 것이 아니라 너를 지켜 주는 것에 집중해라." "네가 목적을 가진 존재라는 사실을 매일 기억하라."

아직도 내 머릿속에 문장들이 울려 퍼지고 있다. 하지만 그 책을 어디에서 꺼냈는지는 기억이 안 난다. 제목조차 모르겠다.

11월 17일

이럴 수 없다. 내 인생 전부가 어떤 구체적인 목적에 부합한다는 사실을 믿을 수 없다. 이해하지 못하겠다. 내가 되고 싶은 것이 무엇일까? 지금까지 내 삶에서 일어난 일들은 내가 선택하지 않았다. 나는 나다. 다른 사람들이 있었고, 그들이 지금의 내가 되는 데 일정 부분 역할을 했다.

삶을 바꾼다는 게 가능할까? 어쨌든 나에게는 다른 방식으로 존재한다는 것이 불가능해 보인다. 더 기분이 좋을 수도 있고 더 화가 날 수는 있을 것이다. 하지만 그런 건 존재 양식을 바꾸는 게 아니라 단지 기분만을 바꾸는 것이다.

왜 내가 도서관에 들어가서 그 빌어먹을 책을 집어 들었는지 모르겠다. 이제 좀 정리가 되어 간다. 나의 존재 방식에 대한 생각을 멈출 수 없다. 진짜 나는 어떤 사람이지?

11월 18일

오늘은 끔찍한 날이었다. 거의 오전 내내 변호사와 아나 선생님과 함께 있었다. 한 사람이 말을 하고, 다른 사람이 제안을 하고, 두 사람이 결정했다. 아무도 내 의견을 직접 물어보지 않았다. 나에게 구체적인 생각이 있었다는 말은 아니다. 그러나 내가 물건 취급을 당하는 것 같아서 기분이 좋지 않았다. 결국 그들은 내가 여기에 남아 있는 편이 낫겠다고 생각했고, 나를 대신해 법정에서 이야기를 하기로 했다.

사실 상관없다. 직접 부딪치는 것보다 답을 기다리는 편이 나았다.

지금은 오후 다섯 시. 아나 선생님은 아직 돌아오지 않았다. 왜 이렇게 오래 걸릴까? 하느님!

나는 간다!

아홉 시 반이다. 여태까지 방으로 올라올 수 없었다. 마침내 아나 선생님이 와서 사무실로 가자고 했다. 아무 문제가 없고, 이모와 이모부가 나를 데리러 오면 함께 갈 수 있다고 했다. 조금 불안하지만 기쁘다. 아나 선생님 말씀대로 이제 다시 시작해야 한다. 잘하고 싶다.

너무 떨려서 저녁도 거의 먹을 수가 없었다. 다른 친구들이 알아차렸던 것 같다. 나를 바라보고 수군댔기 때문이다. 소리를 지르고 싶었지만 차마 그러지 못했다.

11월 19일

마리사가 알리칸테에서 카드를 보냈다. 눈물이 날 지경이었다(나는 울보다. 나도 안다). 사실 나를 기억할 거라고는 전혀 기대하지 않았다. 그런데 카드를 보내오다니!

마리사는 심지어 일기에 대해서까지 물었다. 일기를 쓰면서 내가 많은 것들을 생각하고 깨달아 가고 있다는 사실을 마리사가 안다면. 때때로, 거의 언제나, 우리는 아무것도 깨닫지 못한 채 살아간다. 하지만 잠시 멈춰서 생각을 하고 하루 종일 있었던 일을 글로 쓴다면, 그날 있었던 일을 무심히 흘려보내는 대신 무슨 일을 했는지, 어떻게 그 일을 했는지, 그리고 어떤 느낌이었는지 깨닫게 될 텐데.

좀 더 잘 생각했더라면 말하지도 않고 행하지도 않았을 일을 말과 행동으로 옮겼다고 치자. 그렇다고 해서 온종일 그 결과만을 생각하고 있을 수는 없다. 아닌가……?

나는 아직도 모르는 게 너무 많다. 마리사 말이 맞았다. 마리사에게 편지를 써서 내가 마리사 말을 들었다고 이야기해야겠다.

11월 20일

내일 이모와 이모부가 나를 데리러 온다. 이제 정식 서류가 갖춰졌다. 어쩌면 언젠가 다시 돌아와야 할지도 모르지만 지금으로서는 갈리시아에 있게 될 것이다. 긴장된다. 그리고 조금 두렵다. 사람들과 마주하고 그들이 무슨 생각을 할지 생각하면 불안하다. 이쯤 되면 모든 사람이 내가 저지른 일을 알 것 같다. 신문에 사건이 나왔으니까. 하지만 여기에서는 나가고 싶다. 너무 외롭다. 갇혀 있다는 사실로 다시 괴롭고 슬퍼진다.

11월 21일

밤 열두 시가 되기 10분 전이다. 이제 모든 준비가 끝났다. 이 공책만 챙기면 된다. 수업 시간에 필기한 것들과 함께 파일에 넣어서 가지고 가려고 한다. 이모와 이모부는 오늘 낮에 도착했다. 오랫동안 함께 있을 수는 없었다. 친절하고 정말 좋은 분들이다. 두 분은 병원에 엄마를 면회하러 다녀왔다. 엄마 상태는 전보다 좋아졌지만 계속 치료를 받아야 한다고 했다. 빨리 퇴원할 수 있을 것 같지 않아 보였던 것 같다.

내일 우리는 오후 두 시 기차로 떠난다. 긴 여행이 될 거다. 이상하다. 오늘 밤이 이곳에서 지내는 마지막 밤이다. 지나온 모든 일을 생각해 보면 시간이 그렇게 느리게 가지 않았던 것 같다. 일들이 꽤나 빠른 속도로 진행되었던 것 같은 느낌이다.

어느 순간, 특히 처음에는 무척 당황스러웠다. 괴로웠지만, 한편으로는 보호받고 있는 느낌이기도 했다. 마치 이번에는 다른 사람들이 나를 돌봐야 한다는 듯이. 내가 어린아이처럼 느껴졌다. 모르겠다. 모순된 느낌이었다.

그다음에는 나한테 일어났던 일이 생각나 공황 상태에 빠졌다. 언제나 최악의 경우를 상상했고, 아무 말도 할 수 없었고, 아무것도 물어볼 수 없었다. 아나 선생님이 여러 차례 나에게 말을 걸었지만 너무 놀라서 아무 말도 할 수가 없었다. 그 끔찍했던 날을 떠올리고 스스로에게 살인자라고 말하는 것밖에는.

내가 이 일기를 쓰기 시작하고 나서야 비로소 아나 선생님의 질문에 대답하기로 결심할 수 있었다. 아나 선생님이 지나치게 내 일에 간섭하지 않으면서도 나를 도와주려고 했기 때문에 기뻤다.

이제 내가 이곳을 떠나고 싶어 한다는 사실이 분명하다. 모든 것이 내 잘못이 아니며 나를 조절하지 못해서 일어났던 일이라는 사실도 잘 안다(아직도 가끔은 마음속에서 끔찍한 일이었다는 생각이 들고 그날 생각만 하면……).

앞으로 나아가기 위해 스스로 결심을 해야 한다고 믿는다. 어떻게 해야 할지 잘 모르겠다. 그러나 이제 내가 여기에 있다. 안 그런가? 도서관에서 보았던 그 책의 문장이 생각난다. 우리는 목적을 가진 존재라는 사실을. 나의 목적이 무엇인지 알아보고 싶다. 나는 뭐가 될까?

아나 선생님이 오늘 오후에 작별 인사를 하러 와서 나를 안아 주었다. 그 순간 내가 아직 다른 사람의 사랑을 느낄 수 있다는 사실을 깨달았다(내가 다른 사람에게 가까이 갈 수 있을 거라고 생각하지 못했었다).

그만큼 나는 외로웠다!

11월 22일

온통 어둡다. 아침 여덟 시. 거의 눈을 붙이지 못했다. 이제 준비가 되었다. 아침 식사를 하러 내려갔다. 이 센터에서의 마지막 아침 식사였다. 재빨리 식사를 하고 곧바로 올라왔다!

열두 시! 나는 간다……. 이제! 나를 데리러 이모와 이모부가 왔다. 두 분은 원장님 방에 있었다. 내 물건을 챙겨서 이모와 이모부를 만났다. 무척이나 떨린다. 손이 얼음장같이 차갑다. 안녕!

아, 이제 다 됐다! 기차에 있다. 이모와 이모부 바로 뒷좌석에 앉아 있다. 내 옆자리에는 아무도 없다. 나는 메모들을 살펴본다. 이모부는 샌드위치를 샀고 이모는 잡지를 샀다. 기차 타고 세 시간이나 지났지만 아직도 많이 남았다. 조금 더 진정이 됐다. 해가 났고 경치는 아름다웠다. 정말 오랜 시간이 지났다. 내 눈에는 모든 것이 새로워 보인다.

기운을 내자! 기운을 내자! 기운을 내자!! 기차에서 내리기 전에 용기가 생기는지 봐야겠다. 지금 가장 걱정스러운 건 동생과 어떻게 만날지에 관한 것, 그리고 우리가 관계를 맺고 살아가게 될 사람들에 관한 일이다. 그들이 그 사실을 알까? 아니면…….

파키타 이모는 걱정하지 말라고, 아무도 남의 일에 끼어들지 않을 거라고 한다. 하지만 나는 걱정을 떨쳐 버릴 수가 없다.

잠이 들면 여행 시간을 줄일 수 있을까 생각해 본다. 그런데 눈을 감으면(이미 해 봤다), 기차가 흔들리는 가운데 생각들이 몰려와서 과거로 돌아간다. 왜 그런지 모르겠다. 우리 집으로, 우리 동네로 돌아가서 모퉁이에 있던 추러스 가게 냄새까지 맡게 된다. 나는 그 냄새를 정말이지 싫어했다. 골목길에도 간다. 그리고 차양을 올리는 소리까지.

그리고 모든 것이 다시 시작된다.

차양을 올리고

힘겹게 차양을 올렸다. 끝까지 올라가기 전에 항상 걸렸다. 밖을 내다봤다. 쓸쓸하고 흐린 하늘이 골목길에 내려앉았다. 추러스 가게에서 퍼져 나오는 냄새가 역하다. 여러 차례 태운 기름 냄새에 토할 것만 같다. 아무것도 변하지 않았다.

어떻게 하룻밤 사이에 변할 수 있겠는가? 또 다른 밤이 필요할 거다. 그렇게 영원토록 이어질 거다. 모든 것이 달라질 거라고 수도 없이 꿈을 꾸었다. 어떻게, 왜인지 알 수 없지만 달라질 거라는 희망을 가졌다. 희망은 이 세상 그 무엇보다도 필요했다. 참을 수 없는 상황이었다. 왜 하필이면 아나가 그 삶을 살아 내면서 그곳에 있어야 했단 말인가? 왜 더 나아질 기회를 주지 않아서 이 땅이 살 만한 곳이라는 생각을 할 수 없게 되었단 말인가?

이미 오래전부터 아나는 같은 질문을 계속해 왔다. 언제나 답이 없다는 것이 놀라웠다.

주방에서 들려오는 너무나도 익숙한 소음에 아나는 상념에서 빠져나왔다. 그래도 아나의 마음속보다는 창밖의 황량한 풍경이 덜 쓸쓸했다. 밖을 멍하니 바라보던 아나의 눈은 다시 방의 벗겨진 벽과 마주했다.

벽에 붙여 놓은 포스터가 축축해져서 엉망이었다. 기분이 좋지 않았다. 끔찍한 밤이었다. 너무 울어서 얼굴이 부었다. 입술은 바짝 말랐고 머리카락은 부석부석했다. 지금껏 그래 온 것처럼 비참한 하루가 또다시 펼쳐질 거라는 불길한 조짐.

아나는 동생을 깨웠다. 동생은 본능적으로 발딱 일어나서 손으로 얼굴을 감쌌다. 동생 역시 울었다.

옷을 입고 침대 끝에 걸터앉아 귀를 쫑긋 세웠다. 새로운 하루를 시작하기도 전에 자매는 지쳐 있었다.

계속되는 힘겨운 상황에 놀란 연약한 동물처럼 두 아이는 집 안에서 나는 아주 작은 소리에도 촉각을 곤두세웠다. 벌써 일곱 시 반이다. 아버지는 길모퉁이 카페에 있을 것이다. 그는 날마다 일찍 일어났다. 동료를 거의 죽을 정도로 패서 직장에서 쫓겨난 뒤부터는 언제나 그렇게 하루를 시작했다. 집을 나가서는 끊임없이 술을 마셔 댔고, 집에 돌아와서는 아내와 딸들에게 화풀이를 했다.

처음에는 사소한 잔소리로 시작했지만 언제나 소리를 지르고, 위협하고, 주먹질로 끝이 났다. 끝없이 이어지는 현실…….

이웃들이 경찰에 신고하기도 했다. 그러나 그의 화는 가라앉는 법이 없었다. 그 반대였다. 아나는 부끄러웠다. 마음속으로 아버지가 그들의 삶에서 사라지기만을 애원했다. 다시는 돌아오지 않기를. 어딘가로 사라져 버리기를. 왜 안 된단 말인가? 사고라도 당하기를. 그 눈빛과, 땀과 술로 찌든 역한 냄새를 풍기면서 다시는 다가오지 않기를.

"아나! 카르멘! 이리 올래? 이제 시간 다 됐다!"

엄마가 청소하면서 주방에서 소리치고 있었다. 거의 불평에 가까웠다.

두 아이는 용수철처럼 침대에서 뛰어내려 방에서 나갔다. 아나는 엄마를 생각했다. 아버지가 가까이에 없으면 목소리를 조금 높일 수 있었다. 심하게 구타를 당할 때는 엄마에게서 생명의 흔적이란 것을 거의 찾아볼 수 없었다. 아버지 옆에서는 아무도 아니었고 아무것도 할 수 없었다.

아마 집 밖에서 일을 할 때 엄마는 달랐을 것이다. 하지만 그가 있을 때면 엄마만이 아니라 감히 아무도 아무 말도 하지 못했다. 그의 행동들은 너무나도 공포스러웠다.

아나는 방에 조금 큰 문고리를 달고 싶었다. 그가 허락

하지 않으리라는 것도, 화만 더 부추길 수 있다는 것도 알고 있지만 위험을 감수해야 했다. 아나 자신과 동생을 격리해 아버지의 술주정으로부터 보호받는다는 느낌을 받고 싶었다.

두 아이는 주방으로 들어가서 조그만 나무 식탁 앞에 앉았다. 엄마는 기력이 없고 꾀죄죄해 보였다. 실제보다 더 나이가 들어 보였다. 아이들에게 커피우유를 주고, 그 자리에서 빛바랜 푸른 원피스로 갈아입었다. 그리고 그 위에 거의 1년 내내 입는 검정 재킷을 입었다. 오늘은 새로운 집에서 일을 시작하는 날이다. "몇 시간 청소를 더 해 주고 돈을 조금 더 받을 수 있어."

엄마의 기미 낀 얼굴을 보면 밤을 지새운 날이 얼마나 많았는지 알 수 있었다. 팔꿈치까지 이어진 멍 자국을 보면 남편에게 얼마나 폭력을 당하고 살았는지 확연히 드러났다. 눈썹에는 지난주에 생긴 상처의 딱지가 있었고, 오른쪽 종아리에는 붉은 상처 자국이 선명했다.

아나는 너무 괴로워서 잠시라도 엄마를 바라볼 수 없었다. 그래서 이야기를 나누고 있으면서도 언제나 시선을 피했다. 왜 그랬는지는 알 수 없었다. 고통도 아니었고 미움도 아니었다(아나는 엄마를 사랑했다. 비록 오래전부터 그런 느낌에 대해서는 이야기를 나눈 적이 없을지라도. 또 아나의 마음속에서 느끼는 감정이 사랑인지 동정인지도 알 수 없었다). 그렇게 추레한 엄마 모습을 보면 목이 메어 왔다. 아니, 온몸이 떨려 오고 마음이 불편해져서 힘이 빠졌다. 스스로가 힘없는 존재이며 해결책을 찾을 능력이 없다는 데서 오는 무력감일 수도 있었다. 그런 순간에는 쉬지 않고 달리고 싶은 생각밖에 들지 않았다. 달아나는 거다. 매일매일 목을 조여 오는 그 모든 고통에서 멀어지는 거다. 엄마의 삶은 엄마가 가져오는 잡지에 묘사된 그런 모습이 아니었다. 언제나 행복한 결말로 끝나는 텔레비전 드라마 같은 삶이 아니었다. 엄마 스스로 원했던 삶은 더더욱 아니었다. 하지만 엄마 나이에 멀리 갈 수는 없다는 것도 잘 알고 있었다.

두 아이는 집을 나와서 카페 안에서 소리치고 있는 아버지와 마주치지 않기 위해 반대쪽에 있는 길을 건너갔다.

학교는 멀지 않았다. 어둡고 곰팡이가 핀 낡은 건물까지 가는 데 15분이 채 안 걸렸다. 학교 건물에는 빛이 거의 들어오지 않았다. 골목 안에 있는 아이들 집의 좁은 마당과 똑같았다. 가장 가까운 곳에 있는 공립학교였다.

그래도 카르멘은 학교에 가면 즐거워했다. 학교의 외관은 중요하지 않았다. 학교에서는 집안일을 잊어버릴 수 있었다. 몇 시간이지만 하루 종일 같았다. 친구들과 함께 웃을 수도 있었다. 아홉 살인 카르멘은 반에서 가장 똑똑한 축에 들었다. 반 친구들은 카르멘의 의견을 중요하게 생각했고 같이

모둠 활동을 하고 싶어 했다. 카르멘 스스로도 자신을 중요한 사람이라고 느꼈다.

카르멘은 방학을 너무 싫어했고, 수업이 끝나는 시간도 너무나 싫어했다. 여러 차례 아나에게 고백했다. 학교 문 닫기 전에 어느 구석에라도 숨어 학교에서 잤으면 좋겠다고 말이다. 하나도 무섭지 않을 거라고 했다!

모두 집으로 돌아오지 않기 위해서였다.

아나에게 학교는 또 다른 이야기였다. 아나는 웃지도 않았고 학교를 좋아하지도 않았다. 학교 역시 괴로운 곳이었다. 선생님들은 엄하고 권위적이었다. 친구들과도 잘 어울리지 못했다. 아나는 수많은 학생 중 하나였을 뿐이다. 시험에 통과하기 위해서는 노력을 많이 해야 했다. 숙제와 공부는 항상 마지막 순서로 미뤄 놓았다. 그런데 그 시간이 거의 오지 않았다. 집에서는 집중할 수가 없었고, 도서관에서는 언제나 누군가에게 관찰당하는 기분이 들었다. 학교 공부에 흥미를 잃고서 그냥 아무 준비 없이 지내는 쪽을 택했다. 거의 아무와도 친구가 될 수 없었을지라도 말이다.

지난해에는 국어 선생님이 책 읽기에 대한 흥미를 일깨워 주었다. 그해에는 빌려 온 책을 손에 든 채 잠이 들었고, 숨어서 책을 엄청나게 읽어 댔다. 아버지가 갑자기 미쳐서 책을 집어 던질까 봐 두려웠기 때문이다. 아버지는 책을 읽는 것은 시간 낭비일 뿐이라고 입버릇처럼 말했다.

이제 다시 혼자였다. 무료했다. 이리저리 계속 생각을 했다. 단 하나의 강박이 있을 뿐이었다. 나가는 것, 이 삶의 방식에서 도망치는 것. 온 힘을 다해서 자신의 삶을 다른 삶으로 바꾸고 싶었다. 다시 힘을 내서 삶에 대한 의욕을 되찾고 싶었다.

"아나! 일어나! 잠들었니?" 수학 선생님의 거친 목소리가 들려 생각에서 빠져나왔다. "숙제 내라고 말하고 있다!"

"죄송해요. 숙제를 못 했어요."

"그런데, 왜?"

"시간이…… 없었어요." 아나는 부끄러워서 말을 더듬거렸다.

사실대로 말하는 것이 좋겠다고 결심했었다. 집에서 숙제를 하는 것이 무척 어렵다고 상황을 설명하고 싶었다. 하지만 지금처럼 솔직해져야 하는 순간이 다가오면 말이 나오지 않아 그저 모든 것을 자기 탓으로 돌리는 수밖에 없었고, 그러면 일이 꼬여만 갔다.

한편으로는 자신에게 화가 났고 또 다른 한편으로는 부끄러웠다. 자신의 내면에 두 명의 상반된 아나가 있어서 계속 모순된 행동이 나오는 것 같았다.

"그럼 내일 꼭 해 와. 안 그러면 두 배로 숙제를 해야 할 거야. 알았어?”

“네.” 무안했고 절망스러웠다.

아나는 학교에서도 선생님들의 도움을 받을 수 없었다.

아나는 점점 더 수업에 흥미를 잃어 갔다. 학교에서도 따라갈 수 없는 몇몇 과목 때문에 괴롭고 힘들었다. 집중할 수가 없었고 언제나 속이 울렁거렸다.

교실 맨 끝줄에 앉아서 반 친구들을 훑어보았다. 아나만이 선생님의 설명을 지루해하고 딴청을 부리고 있는 것은 아니다. 세 줄 앞에 있는 아드리안과 엘레나는 서로를 따뜻하게 바라보면서 손을 잡으려고 하고 있다. 반 전체가 둘이 사귀는 것을 알고 있고 그들도 굳이 숨기려 하지 않는다. ‘풀로 딱 붙여 놓은 것 같아.’ 지난 금요일 하굣길에 펠리페가 했던 말을 생각하자 웃음이 나왔다. 둘째 줄에 앉아 있는 로사는 손가락으로 머리카락을 꼬고 있고 옆자리에 앉은 후안마는 부끄러운 줄도 모르고 코딱지를 후벼 파고 있다. 후안마 자리에서 가까운 곳에 앉은 안드레스와 파코는 보트 게임을 하고 있다.

다들 아나에게 관심이 없다. 아나에게 말을 거는 친구도 거의 없다. 아나 역시 아무에게도 관심이 없다. 어떤 무리에도 속하지 않아서 하굣길에도 친구들과 함께 교문을 나서지 않는다. 어쩌면 아나의 잘못일 수 있다. 아나 스스로 고립되는 길을 선택했으니까. 스스로 보호받는다고 느끼기 위한 아나의 방식이었다.

너무 혼자라 때때로 루이스 생각이 난다. 루이스는 계속 아나를 친구로 생각하고 있지만 그들의 관계는 예전 같지 않다. 전에는 언제나 함께 있었다. 이제는 거의 볼 일조차 없다. 그래서 슬프다. 아나는 곧바로 이런 생각을 떨쳐 버리고 너무 깊이 빠져들지 않으려고 애를 쓴다.

왼쪽으로 고개를 돌리자 창문이 보인다. 언제나처럼 초록색의 얇은 금속판 차양이 내려져 있다. '차양이 내려져 있지 않았더라도 운동장 담장 너머는 볼 수 없겠지.' 문득 이런 생각이 들었다.

그런데 갑자기 마개가 열려서 코피가 끊임없이 흘러내리듯 마음속에 오래도록 품어 왔던 고통스럽고 묵직한 생각들이 다시 터져 나왔다. '왜?'

그건 끝나지 않는 물음이며 아나가 가지고 있던 질문들의 공통분모였다. '왜 내 삶은 이럴까?' '왜 내 가족은……? 나 자신은……? 왜 나한테 다른 기회가 없는 것일까? 왜 나는 행복하지 못하지? 지금 있는 곳이 우리가 태어나야 하는 곳이라고 누가 말했나?'

자기 자신과 자신이 처해 있는 상황이 서러웠다. 부당하게 느껴졌다. 다른 친구들이 부럽지는 않았다. 다만 똑같은 삶의 무게를 평생 참으면서 살고 싶지 않을 뿐. '왜 살지?' 때때로 큰 소리로는 표현할 수 없는 생각들이 떠오른다. 아나 자신의 삶은 살아 나갈 가치가 없어 보였다. 하지만 그토록 고통스럽고 의미 없는 나날이 이어져도 삶을 놓아 버리는 것이 쉽지 않았다.

천천히 눈물이 흘러내리기 시작했다. 더는 참을 수가 없었다. 자기 자신에 대해서, 그리고 세상에 대해서 분노가 치밀었다. 갑자기 참을 수가 없어 자리에서 일어났다. 교실 문 쪽을 향해 걸어갔다. 달리지 않았다. 그리고 모두가 놀라는 가운데 교실 문을 열고 밖으로 나갔다. 꿈을 꾸듯 걸었다. 학교를 나가서 길을 몇 개 건너 광장에 도착했다.

벤치에 앉았다. 그제야 잠에서 깨어난 것 같았다.

운명에 따라 발걸음이 옮겨진 것 같았다. 발걸음이 루이스 아버지의 공방 앞에 이르렀다. 루이스는 학교를 그만두고 그곳에서 일하고 있었다. 아나는 그런 결정을 할 수 있는 루이스의 능력과, 쓸데없이 일을 복잡하게 만들지 않으면서 아들의 마음을 존중해 주는 이해심 많은 아버지가 있다는 사실이 부러웠다.

벤치에 앉아 공방 내부를 볼 수 있었다. 급할 것이 없어서 루이스가 밖을 내다보면 손짓을 할 생각으로 차분하게 기다렸다.

아나를 알아보자 루이스는 본능적으로 주위를 살피고 나서 길을 건너왔다.

"여기서 뭘 하는 거야?" 루이스가 이상하게 생각하고 물었다. "무슨 일 있어?"

아나의 얼굴은 벌겋게 달아올랐고 눈은 충혈되어 있었다. 루이스는 아나가 학교에 왔을 때 처음으로 보았던 눈빛이 생각났다. 이름을 알 수 없는 슬픔. 허공을 바라보는 연약한 시선이 그때와 똑같았다.

"수업 중에 도망쳐 나왔어. 어떻게 그랬는지 아직도 모르겠어. 하지만 나와 버렸어. 다시 돌아가지 않을 생각이야. 참을 수가 없어!"

"하지만……. 너 미쳤어? 아니면 뭐야?"

"시간 있어? 부탁할 게 있어."

아나는 루이스가 마음을 닫았던 사실을 기억하고 루이스와 조금 더 함께 있고 싶어서 핑계를 둘러댔다. 혼자 있고 싶지 않았다. 혼란스러웠다.

"오래는 안 돼. 게다가 내가 말도 안 되는 네 아버지하고 엮이고 싶지 않아 하는 거 알잖아." 루이스가 말했다. 그리고 반쯤 돌아섰다.

아나가 루이스의 팔을 붙잡았다.

"기다려! 가지 말아 줘. 우리 강 쪽으로 가자. 가 줄래?

제발……!" 아나가 애원했다.

두 사람은 걸음을 재촉했다. 각자의 이유가 있었다. 공원 끝에 이르자 사람이 거의 없었다. 벤치를 하나 골랐다. 나무 덤불과 강 쪽으로 나 있는 난간 사이에 반쯤 숨겨져 있어서, 거기 앉으면 아무에게도 들키지 않을 수 있었다.

그곳에 온 것이 처음은 아니었다. 아나는 얼마 전 루이스가 자신을 비극에서 구해 주고 둘이 손을 잡고 달아나는 꿈을 꾸었던 것을 떠올렸다. 루이스의 손은 믿음직했다.

아나는 루이스를 바라보았다. 아나의 눈에 사랑이 가득 담겼다. 특별한 감정, 그러니까 뭔가 부드럽고 따뜻한 마음이 느껴지는 유일한 사람이었다. 그런 게 사랑이라면 아나는 아직도 사랑에 빠져 있었다. 루이스는 이 세상의 모든 꿈을 꿀 수 있게 해 주었다. 적어도 위험에 빠져 있는 삶을 어느 정도 보호해 줄 수 있다는 희망을 주었다.

그러나 그 꿈은 너무나도 짧았다. 어느 날 오후 아나의 아버지가 나타났다. 둘이 있는 모습이 마음에 들지 않았는지 온갖 협박으로 세상에서 가장 사랑하던 사람을 쫓아 버렸다.

이제는 전과 같지 않다. 마법은 작동하지 않는다. 그렇게는 사랑할 수 없다.

그래서 아나는 더욱더 아버지를 증오했다.

"그래. 무슨 일이야?" 루이스가 조금 예민해져서 물

었다.

열여섯 살이었다. 루이스는 어느 틈엔가 성큼 자라 버렸다. 키가 크고 얼굴은 가무잡잡했으며 머리카락은 휘날렸고 눈빛은 조금 불안했지만 단호했다.

아나가 학교에 오자마자 아나에게 눈길이 갔다. 운동장에서였다. 그렇게 좁은 공간에서는 모두의 얼굴이 쉽게 눈에 들어온다. 아나는 다른 여학생들과는 달랐다. 성숙해 보였고(나중에 나이를 알았다) 쓸쓸해 보였다. 비록 처음에는 가까이 다가오게 하지 않았지만 루이스를 대하는 아나의 태도가 마음에 들었다. 아나는 솔직했고 뽐내지도 않았다. 가장 예쁜 여학생은 아니었지만 끌리는 구석이 있었다. 루이스는 친구 하자고, 사귀자고 말하기로 결심했다. 아나는 받아들였다(나중에 어떤 예감 같은 것이었다고 고백했다). 그리고 두 사람은 자주 만나기 시작했다. 학교 수업이 끝나면 기다렸다가 함께 짧은 산책을 했다. 그렇게 많은 것들을 같이 나누고 상대방의 눈으로 삶을 바라보는 법을 배웠다.

그런데 어느 날 헤어지면서 입맞춤을 하고 있을 때 아나의 아버지가 나타났다. 지진이 난 듯 모든 것이 흔들리고 뒤섞이고 말았다.

그때부터 루이스는 아나와 단둘이 있지 않으려고 했다. 때때로 둘만의 시간을 간절히 원했지만 말이다. 시간이 필요했다. 이야기는 너무 복잡했고 루이스는 일을 하기 시작했다.

아나는 숨이 막혔다. 어떻게 설명해야 할지 몰랐다. 루이스와 사귀기 전까지는 누구와도 마음을 털어놓고 대화를 해 본 적이 없다. 진정한 친구가 없었다. 그런데 이제, 그런 일이 있고 나서는 루이스에게도 솔직해지는 것이 힘겨웠다.

"그러니까…… 그러니까 내 방에 쓸 자물쇠를 구해 달라고 부탁하고 싶었어. 해 줄 수 있어?"

"무슨 말이야?"

루이스가 놀라서 눈을 크게 뜨고 아나를 바라보았다. 아주 간단한 자물쇠 이야기를 하는데 왜 여기까지 와서 저렇게 뜸을 들이며 이야기하는지 통 알 수가 없었다. 광장에서 부탁할 수도 있었고 아니면 아나 자신이 살 수도 있는 일이었다.

"너 미쳤어? 뭐 하려고 그러는 건지……."

"그만! 내가 미쳤다고 다시는 말하지 말아 줘. 최악의 경우에 어쩌면……. 진심으로 말하는 거야. 내 방 문에 자물쇠를 걸어 잠그고 아무도 나를 방해하지 않게 틀어박혀 있고 싶어."

아나는 루이스의 시선을 피했다. 스스로 얼마나 바보 같다고 생각하고 있는지 루이스에게 들키고 싶지 않았다.

"집에서 뭐라고 하실 텐데?"

"모를 거야. 내가 자물쇠를 채우고 나면……."

"그러니까 말이야. 자물쇠가 채워지면……. 너희 아버지가 알게 되면 어떻게 될 거 같은데?"

아나는 루이스가 잔인한 현실을 알려 주지 않기를 바랐다. 자신을 위로해 주고 지지해 주기를 바랐다. 스스로 너무나 무력했다.

"됐어!" 루이스가 이해해 주지 않는 것에 분노한 아나가 거의 소리쳤다. "됐다고! 그렇게까지 우리 아버지가 신경 쓰이면……! 무슨 말이든 하라지!" 아나가 루이스를 뚫어지게 바라보았다. 거의 도전적인 눈빛이었다.

"하지만 아나……."

"그래. 네가 들은 대로야! 상관없어. 나는 이 모든 게 지긋지긋하거든. 나도 그렇고, 아버지도 그렇고, 아버지 폭력도, 부당한 현실도, 내가 여기에 있는 것도……. 그런데 그거 알아? 내가 진짜 원하는 건 집을 떠나는 거야. 집을 나가서 달리고 달리고 달리고 또 달리는 거야. 내 몸에서 이 역겨운 것들이 떨어져 나갈 때까지. 나에 대해서, 내 삶에 대해서 내가 품고 있는 분노가 떨어져 나갈 때까지 달리는 거야."

이제 목소리가 돌아왔다.

"자물쇠 이야기는," 아나는 침을 삼키고 나서 말을 이어갔다. "나도 알아. 별로 도움이 안 될 거라는걸. 우리 아버지는 문을 부숴 버릴 수 있거든. 처음에는 조금이라도 내가 혼자 있기 위한 해결책이라고 생각했어. 아버지의 술주정과 폭력, 심지어는 가까이 다가올 때 발걸음 소리까지도 참아 내는 게 어떤 건지 알아? 매일매일, 끊임없이 위협받는 상황에서 비참한 이 삶이 얼마나 괴로운지 느끼며 살아가는 거야. 정말로, 루이스! 못 참겠어! 떠나고 싶어! 사라지고 싶어! 더는 불가능해!"

아나가 갑자기 이런 말들을 쏟아 냈다. 기침 발작이 일어나는 것만큼이나 처절했다. 눈이 축축해지더니 눈물이 떨어졌다. 자신의 비밀을 쏟아 냈다. 걱정되지는 않았다. 루이스는 달랐다. 절대적으로 그의 지지가 필요했다.

"나를 도와줘!" 아나는 애원했다. 힘없는 목소리였다.

두 눈을 크게 뜬 루이스는 입을 다물지 못했다. 한마디 말도 할 수 없었다. 온몸이 굳어 버렸다.

둘이 만나는 동안 아나가 조금씩 이야기를 해 주었기 때문에 아나의 집안 문제에 대해 알고 있었다. 하지만 그렇게 심각할 것이라는 생각을 하지는 못했기에 아나의 절망이 얼마나 클지 결코 상상해 보지 않았다. 아나는 절망에 빠져 어찌할 바를 모르고 있었다. 무슨 사고라도 저지를 것 같아 보였다. 생각을 바꾸도록 해 보려고 했다.

"정말로 집을 떠나고 싶은 거야? 하지만…… 어디로? 어떻게? 누구랑? 네가 무슨 말을 하는지 알고 있어? 너 이제 겨우 열다섯이야!"

"그래서! 나는 곧 열여섯이 될 거야. 그러면……."

"그래서, 어떻게 하려고! 너희 집에서는 가만히 있을 거 같아? 너희 아버지를 몰라? 어떤 분인지 잘 알잖아. 게다가, 만일 내가 너를 도왔는데 네 아버지가 그 사실을 알게 된다면, 제일 먼저 나를 죽이려고 들 거고, 그다음에는 너를 가만두지 않을 거야. 그건 분명해."

"하지만 내가 방해물에 지나지 않는다면!" 아나가 한탄했다. "그 사람이 그렇게 말했어. 아내도 없고 딸들도 없었더라면, 자기 삶이 훨씬 더 나았을 거라고. 우리가 자기를 붙잡아 놓고 자유를 빼앗았다고. 그게 우리를 사랑하는 거라고 생각해?"

"모르겠어. 아나. 엄청나게 복잡한 문제야! 그리고 탈출하는 것이 해결책인지도 모르겠어."

"루이스. 나는 떠나야 해. 뭔가 해야만 해. 알아? 나는 아버지를 증오해. 주정하는 것도 더는 못 참겠어. 보기만 해도 구역질이 나. 우리 엄마가 참는다면 그건 두려워서야. 그뿐이야. 처음에는 나도 마음이 아팠어. 하지만 엄마가 스스로를 방어하지 못하는 거, 그건 엄마 마음이야. 집 가까이에 경찰서가 있어! 내가 마음이 아픈 건 카르멘이야. 내가 일단 집에서 나가고 나서 때가 되면 카르멘도 데리고 갈 거야. 지금처럼은 살 수 없다는 걸 이해 못 하겠어? 나는 이렇게는 살고 싶지 않다고!"

"그러면 내가 뭘 어떻게 해야 하지?"

루이스는 아나의 고통과 아픔을 느꼈다. 그러나 아무것

도 해 줄 능력이 없었다. 너무 일찍 일을 하기 시작하면서 어른들의 세계를 접한 터라 루이스는 신중했다. 결정하기 전에 생각을 먼저 하는 소년이었다. 이미 또래의 소년들에게 있는 열정이나 순수함은 갖고 있지 않았다. 더구나 분명히 알고 있었다. 자신에게는 해결책이 없다는 사실을. 그건 이기심이 아니었다. 아직도 아나를 사랑하고 있었다. 너무나 사랑해서 문제였다.

"내가 뭘 할 수 있을지 모르겠어." 루이스가 말했다. "나는 너를 숨겨 줄 수가 없어. 내가 뭘 어떻게 하면 좋겠어?"

아나는 속이 상했다. 어떤 면에서는 루이스를 이해했지만 받아들이고 싶지 않았다. 그 순간 루이스가 비겁하다고 느낄 만한 대답을 기대하지는 않았다. 루이스에게 아나의 삶은 중요하지 않아 보였다. 어쩌면 그녀를 사랑했던 적이 없었을지도 모른다. 아나는 너무 화가 나서 참을 수가 없었다.

"좋아! 됐어! 겁이 나면 그만둬! 내가 알아서 할게!"

"그런 말이 아니고……. 좋아. 모르겠어. 하지만 그런 식으로 혼자서 갈 데도 없으면서 돈 한 푼 없이 떠날 수는 없어. 사정은 더 나빠질 거야. 나중에는 돌아오는 수밖에 없을 테고. 경찰한테 잡히기 전에 돌아오거나, 아니면 더 나쁜 일이 일어날 수도 있잖아. 그리고 돌아온 다음에는, 어떨 거 같아? 생각을 좀 해 봐!"

아나는 등골이 오싹했다. 도망쳤다가 다시 돌아와야 한

다면 차라리 강물에 빠져 버리는 게 나을 것이다. 아버지는 두들겨 패서 죽여 버릴 수 있는 사람이다.

"그래. 네 말이 맞을 수도 있어. 하지만 내가 뭘 할 수 있지? 말을 해 봐야 아무 소용이 없어. 아무짝에도……. 무슨 말이든 하면 미쳐 날뛰니까."

두 아이는 자리에서 일어났다. 아무것도 할 수 없어서 슬펐다. 아버지가 아버지 노릇을 하지 못하는데 자식이 왜 그 아버지를 참고 견뎌야 할까? 두 사람은 아무 말 없이 생각에 잠겼다.

둘은 함께 천천히 걸었다. 하지만 손을 잡지 않고 걸었다. 곧바로 루이스에게 생각이 하나 떠올랐다. 잠시 머뭇거리다 마침내 해결책이 될 수도 있을 거라 생각했다.

"나한테 생각이 하나 떠올랐어. 어쩌면 아무 소용이 없을지도 모르지만, 그래도 한번 해 보는 거야."

"나한테 정신 차리라는 말은 하지 말아 줘. 참으라는 말도. 대화를 해 보라는 말도……."

"어머니한테 말씀드려서 갈리시아에 사는 이모 집에 보내 달라고 하면 어때? 여름 방학 때 다녀온 적 있잖아. 그러면 너는 여기를 떠나서 아버지한테서 멀어질 수 있어. 아무 일도 없이 말이야. 비록," 이 대목에서 루이스의 목소리가 작아졌다. 자기 자신에게만 들릴 만큼 작은 소리로 중얼거렸다. "나는 마음이 아프겠지만."

아나 얼굴이 밝아졌다. 갑자기 피곤한 기색이 사라지고 입가에 웃음이 번졌다. 눈을 감았다. 그렇게 하면 얼마나 좋을까 상상했다.

"맞아!" 아나가 신이 나서 팔짝 뛰면서 소리쳤다. "이모 생각을 못 했어! 너무 멀리 살아서 크리스마스 때만 소식을 주고받았거든. 아이가 없으니까 내가 잠깐 가서 같이 살아도 괜찮을 거야. 여름에 갔을 때 나한테 꼭 다시 오라고 했어. 아르바이트를 하면 내 생활비 정도는 벌 수 있을 테니까, 그러면 크게 폐를 끼치는 건 아닐 거야. 정말 멋진 생각이야! 루이스, 정말 기가 막힌 생각이야!"

아나는 깡충깡충 뛰면서 걸었다. 점점 더 흥분했다. 너무나 오랜만에 아나는 활짝 웃었다.

"너는 정말 멋진 친구야! 사랑해!"

가볍게 입을 맞췄다. 물방울이 튀는 것만큼 경쾌한 입맞춤이었다.

"그렇게 서두르지 마." 루이스가 말했다. "제안일 뿐이야. 잘못될 수 있다는 것도 생각해 봐. 너희 부모님이 너를 가게 해 주실지, 그리고 이모가 일이 복잡하게 되는 걸 반기지 않을 수도 있잖아. 어쨌든 자식은 주고받는 게 아니니까!"

"찬물 끼얹지 마! 왜 일이 잘못되겠어? 엄마는 나를 보내 주실 거야. 그리고 아버지한테는 집에 한 사람이라도 없는 게 더 잘된 일이야. 엄마한테 술 마실 돈을 한 푼이라도 더 뺏어 갈 수 있을 테니까. 이모랑 이모부는 설득하면 돼. 두고 봐!"

"그래. 해 볼 수는 있어."

"바로 그거야! 해 본다고 해서 잃을 건 없어! 상상해 봐!"

아나는 자신의 삶이 어떻게 바뀔까 생각하면서 다시 한 번 웃었다. 계획을 제대로 잘 세워야 했다. 함께 걸으면서 루이스는 아나가 행복해하는 것을 느꼈다. 그토록 즐거워하는 모습을 보니 다른 사람 같았다. 주머니에서 손을 빼서 아나의 손가락에 깍지를 꼈다. 온몸이 짜릿해져 오는 느낌이 무척이나 좋았다. 아나를 껴안고 입 맞추고 싶었다. 아나와 함께하면서 앞으로도 계속 친구로 남아 있고 싶다고 말하고 싶었다. 하지만 아무 말도 하지 않았다.

"루이스. 우리 저기 가서 뭐 한잔 마시자. 내가 계획 세우는 걸 좀 도와줘. 실패할 수 없잖아."

날이 어둑어둑해지기 시작했다. 아나는 수많은 꿈을 꾸며 오후를 보냈다. 루이스가 입맞춤을 했다. 그 순간 그렇게나 멀리 떠나야 한다는 사실에 조금 슬퍼졌다. 하지만 그 생각은 곧 사라졌다. 왜냐하면 루이스는 언제나 그곳에서 아나를 도와줄 준비가 되어 있고 아나를 사랑할 것이라고 믿었기 때문이다. 삶의 방향을 바꾸기로 결심했다. 모든 것이 달라질 것이다. 평온한 가운데 부끄러움 없이 다른 사람들과 가까워질 수도 있을 것 같았다. 이 지옥에서 벗어나서 다시 살게 될 것이다.

그런 생각들이 벽에 부딪혔다. 엄마와 여동생 생각을 하니 마음이 아팠다. 하지만 아나가 여기에 있다고 한들 상황이 좋아질 것은 아니었다.

꿈꾸듯 시간이 흘러갔다. 굳게 결심한 만큼 이 순간 아나는 발걸음도 단호했다. 서둘러 집에 가고 싶었다. 이제는 늦게 들어갔다고 변명거리를 찾을 필요가 없었다.

'집에 가자마자 얘기할 거야' 하고 생각했다. '이모네 집에 가고 싶어요. 꼭 가야 해요! 만일 나를 못 가게 한다면, 안녕! 나는 탈출할 거야!'

루이스에게 이 마지막 말은 하지 않았다. 그러나 이미 결심이 섰다. 캄캄한 터널 안에서 세상으로 나가는 아나의 발걸음은 변화하고 있었다. 이제 아나의 삶이 바뀔 거라는 사실을 보여 주는 한 줄기 빛이 스며들었다. 경이로운 것들로 삶을 꽉 채울 준비가 되었다. 모든 사람처럼 행복해질 권리가 있었다!

어느새 집이 있는 골목에 도착했다. 조금 흥분되었다. 아나가 나타나자 현관 앞에 있던 이웃 아주머니 몇 명이 입을 다물었다.

밤이었다.

아래층에서 들려오는 외침 소리에 마음이 아파 왔다.

"아니야, 하느님, 아니에요…… 또다시, 안 돼요…… 오늘은 아니에요…… 지금은 아니야……!" 아나는 떨리는 목소리로 중얼거렸다.

아나는 천천히 올라간다. 서두르지 않는다. 숨이 막힐 것 같다. 심장이 터져 버릴 것만 같다. 목에서까지 심장이 뛰는 게 느껴진다. 마주치는 이웃들의 시선과 비난도 느껴진다. 외침 소리는 점점 더 커지고 있다. 아버지는 또다시 술에 취했고 공격적이다. 놀란 어머니는 도움을 청하고 있다. 이웃들은 중얼거린다.

아나는 자물쇠에 열쇠를 끼운다. 들어가지 말까 생각한다. 동생은 아직 돌아오지 않았다. 다른 때처럼 울면서 뛰쳐나와 기다리고 있지 않았다. 학교에 남아 있을 수 있었나 보다. 차라리 잘된 일이다!

급하게 가고 싶지만 꼼짝할 수 없는 꿈속에서처럼 갑자기 모든 것이 낯설어진다.

열쇠를 돌린다.

문을 열고 들어간다. 문이 열려 있었다는 사실조차 인식하지 못한다.

부모님의 외침, 치고받는 소리, 바닥에 부서져 나뒹굴고 있는 물건들, 어둠, 부엌, 칼, 그리고 또다시 어둠……. 외치는 소리. 머리 위에서 춤추고 있는 전구. 도움을 청하는 어머니. 아버지가 침을 흘리면서 웃고 있다. 아나를 보더니 눈을 똑바로 쳐다보고 욕설을 퍼붓고 또다시 소리친다.

외침, 외침, 외침……. 처음에는 무척 가까이에서 들려온다. 얼굴이 마주치고 호흡이 뒤섞여서 부글부글 끓어오른다. 마치 화학 반응을 일으키듯이. 그러고 나서 아버지가 침을 뱉기라도 하듯 입을 벌렸다 다문다.

모래주머니가 땅에 떨어질 때처럼 '퍽' 하는 소리가 들려온다.

계속되는 침묵 속에서 아나의 정신이 돌아온다.

무언가에서 벗어난 것 같다. 아나는 눈을 뜨려고 하지만 이미 눈은 뜨고 있다. 잘 보이지 않을 뿐이다.

모든 것이 희미하다. 그러나 현실이다.

거기에, 바닥에 그가 헝클어진 옷 보따리처럼 쓰러져 있다. 욕설을 퍼부으면서 술병만 갖다 대던 그 입술이 놀라서 뒤틀려 보인다.

바닥에는 붉은빛이 번쩍인다.

피가 보인다. 사방에 피가 보인다. 아나의 치마에도 피가 묻어 있다. 그리고 아나의 손에도.

문으로 다가간다. 느릿느릿 문을 향해 걸어간다.

이제는 결코 급할 일이 없을 것이다.

사람들이 무슨 일인지 살펴보면서 수군거리고 있다.

아나는 무의식적으로 입을 연다. 자신의 말이지만 못 알아들을 만큼 멀리서부터 들려온다.

"저기…… 제가 그 사람을 죽인 것 같아요!"

밖에서도 아나의 마음속과 똑같이 검은색이 모든 것을 집어삼킨다. 그토록 가까이에 있는 것처럼 보였던 터널의 빛이 강풍에 삼켜지는 촛불처럼 갑자기 꺼져 버렸다.

아나는 눈먼 사람처럼 어둠 속에 남았다.

구급차의 사이렌 소리가 경찰차 소리와 뒤섞인다. 아무도 잠들지 못한 밤.

다음 날, 일간지 사건란에 짤막한 기사가 나왔다. 놀란 아나에게는 아무 의미 없는 제목이었다.

'아내를 때리고 나서 딸에게 찔리다'

그래서 이제 뭘 어떻게?

2부

11월 25일

어디서부터 시작해야 할지 모르겠다. 이번 주말은 끔찍한 동시에 놀라웠다. 내가 그렇게나 오랜 시간을 세상과 격리되어 무력감 속에 살면서 나 자신과 마주했던 시간들이 지났는데도, 세상은 여전히 나 없이도 잘 돌아가고 있었다. 그러니까 아무 일도 일어나지 않았던 듯 모든 것은 그대로, 본래 리듬에 맞춰 계속 움직였다.

이런 사실을 알아차린다는 것은 기분 좋은 일일 수도 있고 또 마음 아픈 일일 수도 있다. 그곳에서 일어났던 일은 신문에 나왔다. 하지만 다음 날이 되자 이미 수많은 뉴스들 사이에 파묻혀 버렸다. 이제 대부분 그 사건을 기억하지 못할 것이다. 적어도 여기서는 그렇다. 모든 사람이 나를 바라본다는 것을 의식하지 않은 채 거리에 나갈 수 있다.

물론 이모와 이모부와 가장 친한 친구들은 그 사실을 알고 있다. 요 이틀 사이에 아무도 나를 이상한 아이 취급하지 않았다. 조금 더 마음 편하게 지내도 될 것 같다. 사실 나는 두려워하고 있다.

내 동생은 대단하다. 키가 더 컸고 더 예뻐졌다. 여기서 행복하게 살고 있다는 것이 티가 난다. 이곳에 와서 있었던 일을 끊임없이, 전부 다 나에게 이야기해 주었다. 친구를 많이 사귀었고 학교에서도 너무 잘 지낸다. 동생의 이야기를 듣고 진심으로 기뻤다. 나도 그럴 수 있으면 얼마나 좋을까.

이 마을은 꽤 크다. 소도시 같은 느낌이다. 모든 것이 다 있다. 상점도 많고 영화관도 두 개나 있고 수영장에, 테니스 코트까지 있다.

이모네 집은 음악이 나오는 예쁜 키오스크가 있는 광장 앞에 있다. 마을 축제가 열리면 정말 신날 것 같다. 이상하다. 내 인생에서 '신이 나다'라는 단어는 뽑혀 나간 줄 알았다. 너무 오래전부터 실제로 신날 정도로 즐거웠던 적이 없었기 때문에 그런 일은 나에게 일어나지 않을 거라고, 나에게는 허락되지 않았다고 믿기에 이르렀다. 그저 나쁜 일이 일어나지만 않으면, 나를 가만히 내버려 두기만 하면 다행이라고 생각했다.

그런데 이제 갑자기 신이 난다는 생각을 했다. 언젠가 다시 정말로 신나게 살 수 있을까? 축제가 열릴 때 여기에 있을 수 있다면 좋겠다.

이모와 이모부는 광장 건너편에 빵 가게가 딸린 조그만 슈퍼마켓을 운영하고 있다. 일요일 아침에도 문을 열기 때문에 내가 조금 도와주면 좋겠다고 했다. 내 동생도 그렇게 하고 있다. 물론 괜찮다.

마을은 예쁘다. 하지만 내가 특히 좋아하는 것은 마을

밖에 있는 멋진 숲이다. 일요일 오후에 카르멘과 함께 가 봤다. 정말 대단하다! 거대한 나무들이 몇 그루 있었다. 다른 세계로 들어간 것 같았다. 날씨가 좋아지면 어떤 모습일까 생각해 본다. 그 숲을 보자마자 비올레타 생각이 났다. 책에 나와 있는 것과 비슷한 풍경이었다. 숲속에서 길을 잃는다면 정말 황홀할 것이라는 말이 전혀 이상하지 않았다. 숲의 끝까지 가게 되면, 그러니까 숲을 통과해서 숲이 끝났다고 생각되는 지점에 이르면 느낄 수 있다. 정말 인상적이다. 바다와 절벽과 미친 듯 튀어 오르는 파도가 보인다. 말로는 묘사할 수 없다. 정말이지 그 광경을 표현할 수 있는 말은 없다. 아직도 내 안에서 바다 냄새를 느낄 수 있다.

무슨 말이 더 필요할까! 미래에 대한 두려움과 나에 대한 불안감에 휩싸였던 힘들고 긴 여행을 하고 나서야 뭔가 다를 수도 있을 거라는 사실을 깨달았다. 이건 시작일 수 있다. 오래전부터 찾아왔던 시작 말이다. 내 마음에서 고통과 죄의식을 뽑아 버릴 수도 있을 것 같다. 적어도 시도해 보고는 싶다.

(루이스 생각이 난다. 그날 오후 공원에서 내가 자물쇠통을 부탁했던 일이 떠오른다. 루이스가 나에게 갈리시아로 갈 생각을 하게 해 주었다. 그런데 지금…… 정말 대단하다! 내가 여기에 있다. 비록 수많은 일이 있었지만!)

11월 26일

오늘은 동생과 함께 학교에 갔다. 우리 교실은 정말 말끔하다. 내가 기억하는 교실과 비교하면 예쁘기까지 하다. 적어도 커다란 창문이 있고 빛이 들어온다. 운동장도 넓고 반에 학생이 많지 않다. 나를 포함해서 열일곱 명 정도 되는 것 같다. 오늘 세 명이 결석을 했다.

처음에는 꽤나 긴장했다. 나한테 다가와서 수만 가지 질문을 하는 데 주저하는 친구는 아무도 없는 것 같았다. 어디에서 왔는지, 여기에서 오래 살 건지, 전에 다니던 학교는 어땠는지, 지금은 어디에 살고 있는지, 샌드위치의 반을 나누어 주면 좋을지, 수학 시간 진도를 알고 있는지 등등 여러 가지를 물어 왔다. 놀라웠다. 심지어는 내가 다른 친구들과 똑같은 책을 갖도록 누군가의 사촌이 쓰던 책까지 주었다.

그러니까 첫날이라 어려웠다는 불평을 할 수는 없다. 몇몇 아이들은 동생을 알고 있었는데 그들의 동생과 같은 반이었기 때문이다. 나는 조금 당혹스러워서 단답형으로만 대답했다. 하지만 즐거웠다.

선생님에 대해서는 지금은 아무 생각도 안 하려고 한다. 조금 더 기다려 보고 싶다. 처음에는 모든 선생님이 친절하고 좋지만 시간이 지나면, 휴! 완전 실망할 수 있다.

11월 27일

오늘은 비가 얼마나 많이 왔는지 모른다! 그렇게 많은 물이 쏟아져 내리는 걸 본 적이 없다. 샤워기에서 거대한 물줄기가 흘러내리는 것 같았다. 끊임없이, 끊임없이, 끊임없이……. 카르멘은 속상해했다. 친구들과 광장에서 놀기로 했기 때문이다. 나는 아직도 놀라워하고 있다.

11월 28일

두 가지 일이 있다. 하나는 나쁜 일이다. 나는 이미 모든 것이 완벽할 수는 없다는 사실을 알고 있다. 설명해 보겠다.

결석했던 애들 셋이 학교에 왔다. 여자애 두 명은 내가 지금껏 본 적 없는 바보들이다. 물론 나한테 말을 걸지는 않았지만 이미 다른 아이들이 말해 주었다. 둘은 뗄 수 없는 사이다. 멍청해 보이는데 으스댄다. 모든 것을 둘이 똑같이 한다. 편도선염을 앓는 것까지. 아마도 서로를 따라 하려고 무진 애를 쓰나 보다!

상관없다. 좋은 친구도 있으니까! 생일 파티에 초대받았다. 라우라라는 친구다. 정말 좋은 아이다. 토요일 오후인데 거의 모든 아이가 참석할 것이다. 믿기지가 않는다. 아이들은 아직 내가 누구인지 모른다. 사실 나는 아무와도 제대로 이야기를 하지 않았다. 하지만 정말 기대된다.

11월 29일

하느님! 모든 것이 이대로만 가게 해 주세요!

11월 30일

사실 이제 12월 1일인 셈이다. 지금 밤 열두 시 반이기 때문이다. 나는 카르멘에게 라우라의 생일 파티에 대해 자세하게 이야기해 주었다.

오늘 아침에 카르멘이 선물 사는 데 함께 가 줬다. 나는 뭘 사야 할지조차 몰랐다. 마침내 우리는 은은한 색의 꽃향기가 나는 일기장을 사기로 했다. 정말이지 마음에 들었다. 분홍색과 노란색 상자에 들어 있었는데 조그만 자물쇠가 달렸다. 나중에 나도 하나 사야겠다.

라우라네 집 앞에 가자 손이 떨려 왔다. 때마침 다른 여학생 두 명과 남학생 한 명이 와서 다행이었다. 우리는 함께 올라갔다.

풍선과 종이테이프로 온통 장식되어 있었다. 아주 큰 방이었다. 우리가 아무에게도 방해받지 않고 파티를 즐길 수 있는 방이었다. 한쪽 구석에 맛있는 음식이 가득 차려진 기다란 식탁이 있었다. 감자튀김과 올리브, 샌드위치, 팝콘, 사탕, 음료수, 과자 등등……. 그리고 초와 진주로 장식된 딸기 케이크가 있었다. 정말 맛있어 보였다!

아이들은 모두 제시간에 왔다. 우리 반이 아닌 다른 친구들도 있었다. 라우라는 정말 친구가 많은 것 같았다. 이상한 일이 아니다. 라우라는 무척 친절하다.

우리는 이야기를 하면서(나는 말을 많이 하지 않았다) 먹고, 의자에 앉아서 놀이를 하고, 춤을 추기까지 했다. 처음에는 부끄러웠다. 하지만 구석에 혼자 있는 것은 더 나빴다. 그래서 나는 다른 아이들과 함께 어울렸고 나쁘지 않았다.

그다음에 촛불을 켰다. 방의 불을 끄고 모두 함께 생일 축하 노래를 불렀다. 우리가 미친 듯이 박수를 칠 때 라우라는 촛불을 껐다. 감동적이었다. 나는 한 번도 생일 파티를 해 본 적이 없다. 이런 파티에 가 본 적도 없다. 1월이 와서 내 생일이 되면 생일 파티를 하고 싶다.

아직 나는 친구들을 잘 모른다. 하지만 다들 좋아 보인다. 적어도 정상적이고 친절하며 나를 반 친구 중 하나로 받아들일 준비가 되어 있는 아이들이다. 나쁜 건 내가 가진 이상한 느낌이다. 모든 것이 잘못될까 봐 두려운 마음이다. 그래서 내가 좀 바보 같아 보이거나 아이들과 말을 하고 싶어 하지 않는 것처럼 보일지도 모르겠다. 마음속으로는 너무나도 말을 하고 싶은데. 조금 달라지도록 노력해 봐야겠다. 그러니까 조금 더…… 모르겠다. 더 정상적인 생각을 하고 내가 먼저 말 걸 준비를 해야겠다. 정말이지 어려운 일이다.

숲속으로 뛰어가다

숲속으로 뛰어갔다. 그리고 눈을 감았다.

비가 와서 모든 것이 촉촉하게 젖어 있었고 빛이 났다. 깊이 숨을 들이마셨다. 초록빛 세계의 투명한 향기가 가슴 깊이 들어왔다. 가만히 있었다. 나무들이 숨 쉬는 소리를 들을 수 있었다. 생기 있는 촉촉함에 둘러싸여 평화로움을 느꼈다.

아나는 갑자기 누군가가 자신을 관찰하고 있다는 느낌을 받았다. 눈을 뜨고 주변을 살펴보았다. 아무도 없었다. 그런데도 계속해서 어떤 존재감이 느껴졌다. 조금 두려워졌다. 가볍게 걸음을 옮겼다. 눈앞에는 아무도 없었지만 아나는 경계심을 늦추지 않았다.

여섯 걸음도 채 옮기지 않았다. 놀라서 그 자리에 못 박힌 듯 서 버렸다. 거의 손으로 잡을 수 있을 만큼 가까운 거리에 수천 가지 색깔 햇빛이 나무들 사이로 팔랑이고 있었다.

순간 아나는 천국으로 향하는 길이라고 생각했다. 조금 더 가까이 가 보았다. 마법처럼 느껴졌다. 마음을 먹고 곧바로 빛 속으로 들어갔다.

등골이 서늘했다. 머리부터 발끝까지 따뜻한 기운이 느껴졌다. 동시에 낯선 힘이 가득 차오르는 것도 느꼈다. 별안간 수많은 이미지가 떠올랐다. 너무 빨리 몰려와서 어느 한 지점에서 멈출 수가 없었다. 생명이 있는 커다란 만화경 속에 들어간 느낌이었다. 마침내 아나는 자신이 상상할 수 있는 한 가장 반짝이는 파란색에 대해 생각했다. 그 순간 생각이 멈추었다. '너는 전부야.' 머릿속 어딘가에서 들려온 것 같았다. 아니면 밖에서 들려왔나?

눈을 뜨고 뒷걸음질 쳤다.

'이게 뭐지?' 생각했다.

새가 지저귀는 소리만이 유일한 대답이었다.

무지개처럼 보였던 그 햇빛은 이제 거기에 없었다. 흔적조차 보이지 않았다. 그런데도 아나는 지금 자신이 기대어 있는 나무의 존재처럼 너무나도 생생하게 그 빛을 느낄 수 있었다.

"아니야, 그럴 수 없어. 내가 돌아 버리고 있나 봐. 아니면……?"

바람이 조금씩 불어와서 구름이 움직이기 시작했다. 아나는 미끄러졌다. 그곳을 떠나고 싶지 않았다. 하지만 비가 와서 뼛속까지 얼어붙는 추위를 다시 느끼는 것도 내키지는 않았다.

머릿속에 여러 생각이 맴돌았다. 저절로 발걸음이 움직였다. 정신을 차렸을 때는 이미 숲의 다른 쪽, 그러니까 가려고 했던 곳과는 정반대 편에 있었다.

"그런데, 아나, 오늘 도대체 무슨 일이야?" 아나가 큰 소리로 말했다. 최근 들어 아나는 자신과 대화를 하곤 했다. "이해가 안 되네. 내가 왜 여기에 있는 거야? 나는 산책을 하러 나왔어. 나는 혼자 있고 싶었고 생각을 하고 싶었어. 이 숲이 좋아서 여기로 왔어. 여기서는 아무하고도 마주치지 않아도 되거든. 내 동생이 얘기한 마법사들이 나타나지 않는다면 말이지." 이 생각을 하면서는 웃음이 나왔다. "내가 마법사를 만나는 거 상상할 수 있어? '안녕하세요? 마법사님! 당신이 마법사인가요? 여기서 행복하세요?' 말도 안 돼! 아나. 이제 그만해. 좋아. 좋아. 됐어." 아나는 계속해서 자신의 생각을 큰 소리로 말했다. "그런데, 그 환상적인 빛이 뭔지 알아? 정말이지…… 굉장했어. 무슨 의미가 있을까? 틀림없이 내가 실제로 본 거야."

아나는 행복했다. 날아갈 듯 가벼웠고 그 어느 때보다도 더 깨어 있었다. 무슨 일이 일어났던 건지 잘 알 수 없었지만 잊어버리고 싶지 않았다.

절벽과 바다를 감상할 수 있는 곳에 커다란 나무가 있었다. 그 나무에 몸을 기대었다. 지금은 아무 생각도 하고 싶지 않았다. 그냥 느끼고 싶었다. 바람과 새들, 파도, 파도, 파도…… 그리고 삶을.

파도가 치면서 곧 이전의 삶과 현재의 삶이 몰려왔다. 아나의 눈앞에 출구가 없던 그 골목길과 자유로운 이 자연이 동시에 펼쳐졌다. 아나는 깊이 숨을 쉬었다. 뺨이 젖었다. 눈앞이 흐려졌다. 입술에서 짠맛이 느껴졌다. 가슴속에서 빗물이 터져 나왔다. 모든 것이 다시금 젖어 들기 시작했다.

뛰기 시작했다. 가슴을 조여 오는 심장의 고동 소리를 따라 발걸음이 빨라졌다. 아주 작은 소리로 이렇게 속삭이는 것같이 들렸다. "너는 모든 것이야. 너는 모든 것이야. 너는 모든 것이야……."

눈을 뜨고 다리를 폈다. 다리가 아팠다. 땀을 흘리고 있었다. 베개와 파자마 윗도리가 젖어 있었다. 이마를 만져 보고 침을 한 번 삼켜 보았다. 아직도 목이 따끔거렸다. 오후 여섯 시 이십오 분이었다.

꼬박 나흘을 침대에 누워 있었다. 편도선이 너무 부어서 말 한마디도 할 수 없었다. 그동안 열이 거의 40도까지 올라 그림자처럼 떨어질 줄을 몰랐다. 이제 조금 나아져서, 숨을 쉴 때 목이 타오르는 것처럼 고통스럽진 않았다. 주변을 둘러보았다. 동생과 함께 쓰는 방이다.

복도에서 이모의 발걸음 소리가 들려서 문 쪽으로 고개를 돌렸다.

"우리 딸, 어때?" 이모는 아나를 그렇게 불렀다. "이제 열이 내린 것 같네. 네가 비를 쫄딱 맞고 나타나서 복도 바닥에 쓰러졌을 때 내가 얼마나 놀랐는지 알아?"

아나는 아무것도 기억나지 않았다.

"우유랑 과자 조금 갖다줄게. 먹을래?"

"네, 이모. 고마워요." 이렇게 말하고 침대에서 다시 팔다리를 쭉 폈다.

건강해져서 이불을 푹 덮고 있는 느낌은 정말 달콤했다. 새로운 느낌이었다. 천천히 몸을 일으켰다. 바닥에 발을 내려놓자 차가운 기운이 몰려왔다. 일단 일어나고 보니 몸이 덜 무겁게 느껴졌다. '살이 빠졌을까?' 순간 궁금했다. 옷장 서랍에서 파자마를 하나 꺼내 갈아입고 다시 따뜻한 이불 속으로 들어갔다.

창문 유리는 완전히 흐릿했다. 밖은 추운 것 같았고 이제 어두워졌다.

이모가 쟁반을 들고 돌아와 침대 위에 놓아 주었다. 전화벨이 세 번 울렸다. 곧바로 동생이 들어와서 전화가 왔다고 알려 주었다. 라우라가 아나가 어떤지 물어봤다고 했다.

아나는 다시 일어났다. 이제 훨씬 더 힘이 있었다. 거실로 가서 소파에 앉았다.

"라우라?"

"그래, 아나. 좀 어때?"

"좋아졌어. 이제 열은 내렸어. 근데 아직 주사를 두 번은 더 맞아야 돼."

"너한테 할 말이 있어서 전화했어. 크리스마스 때 우리가 공연 준비하는 거 알지? 그런데 크리스티나가 넘어져서 다리가 부러졌어. 이제 춤을 출 수 없게 됐지 뭐야? 그래서 네가 해 주면 좋겠어."

"뭐라고? 내가 할 수 있을지……."

"못 한다고 말하지 마! 기다려 봐. 다음번 연습 때 한번 해 보는 거야. 진짜 재미있다고! 게다가 극단 사람들하고 같이 연습하는 거야. 나중에 더 이야기해 줄게. 너 만나러 집에 가도 될까?"

"내일은 괜찮을 거 같아." 아나는 확신할 수 없었지만 활기찬 라우라 앞에서 이렇게 말할 수밖에 없었다.

"그러면 내일 학교 끝나고 너희 집으로 갈게. 괜찮지?"

"좋아."

"안녀어어어어엉." 라우라가 거의 노래를 부르면서 아나에게 대답할 틈도 주지 않고 전화를 끊었다.

아나는 침대로 돌아왔다. 동생이 옆에 앉아서 간식을 먹는 동안 함께 있었다. 아나가 학교에 가지 못하는 동안 있었던 일들을 이야기해 주었다. 운동장에서 크리스티나가 넘어져서 구급차를 타고 병원으로 실려 간 이야기를 또 들었다. 나중에 수위 아저씨가 크리스티나가 다리에 깁스를 했다는 소식을 전해 주었다.

아나는 이야기의 2부를 생각했다. 크리스마스 공연에서 역할을 맡아 할 수 있을까? 모든 사람이 보는 앞에서……?

12월 5일

너는 모든 것이야.

너는 모든 것이야.

너는 모든 것이야.

너는 모든 것이야.

너는 모든 것이야. 모든 것. 모든 것. 모든 것. 모든 것. 모든 것. 모든 것. 모든 것. 모든 것.

12월 6일

며칠간 끔찍한 나날을 보냈다. 그러나 동시에 멋진 날들이었다. 어떻게 두 가지 일이 한꺼번에 일어날 수 있는지 모르겠다. 하지만 그랬다.

지난 주말 숲으로 갔다. 숲에서 너무나도 이상한 일이 일어났다. 아직도 이해를 못 하겠다. 어떤 말로도 설명할 수가 없다. 그 느낌도, 경이로운 빛도 설명되지 않는다. 마치 퍼즐 조각처럼 단편들만 기억한다. 그리고 내가 침대에 있었다는 것만 안다. 온몸이 아파서 뒤척였던 느낌이다.

지금 내 엉덩이는 온통 주삿바늘투성이다. 하지만 이제는 물을 삼킬 때 목도 아프지 않고 메스꺼운 느낌도 없다.

오늘은 라우라가 나를 보러 왔다. 정말 좋은 애다. 라우라의 친구가 되고 싶다. 나에게는 친구가 없었다. 라우라는 완벽한 친구가 될 것 같다.

라우라가 크리스마스 공연 계획을 이야기해 줬다. 크리스티나가 1월까지 깁스를 하고 있어야 해서 내가 원하기만 한다면 대신 역할을 맡을 수 있다.

물론 나는 원한다! 하지만 차마 하겠다는 말이 입 밖으로 나오지 않는다. 하고 싶지만 두렵기 때문이다. 어쨌든 화요일 연습 때 가겠다고 약속했다.

기쁘다.

아, 내일 우리 상황이 어떤지 보기 위해 사회복지사가 온다. 이제 살펴보러 온다 해도 문제 될 것 없다. 우리는 모두 잘 지내고 있고 이모와 이모부는 정말 좋은 분들이다. 절대 이곳을 떠나고 싶지 않다.

처음에는 사회복지사가 올 때 내가 있던 센터와 그곳의 통제 체계가 생각났다. 감시받는 것 같았다. 뭔가 잘되어 가고 있지 않다고 판단한다면 우리를 다시 그곳으로 보내 버릴 수도 있다는 생각에 예민해졌다.

오랜만에 그 모든 것을 기억하지 않고, 울지 않고서 며칠을 지냈다. 심지어는 재미있는 생각도 떠올라 혼자 웃기도 했다.

이모와 이모부는 좋은 사람들이고 반 친구들도 마찬가지다. 아직 누구하고도 내 이전 삶에 관해 이야기해 보지는 못했다. 하지만 적어도 이야기해 보려고 할 수는 있을 것 같다. 전에는 상상조차 할 수 없던 일이다.

어쩌면 여기에 내가 찾던 새로운 운명이 있을지도 모른다.

12월 7일

사회복지사는 오래 머무르지 않았다. 일상적인 일이라고 말했다. 나는 부엌에서 강낭콩과 감자를 까면서 사회복지사가 이모와 이모부와 나누는 이야기를 들었다. 동생은 가게에 나가 있었다.

우리는 잘 지낸다. 그러나 엄마는 좋지 않다. 신경증을 치료하는 병원으로 옮겨질 것 같다. 다 낫지 않았다. 우울증이라는 말을 들었다. 싫다. 만일 엄마가 우울증에 걸렸다면 끔찍한 일이다. 너무나 마음이 아프다. 왜냐하면 내 엄마니까. 그리고 엄마가 동생과 나를 사랑한다는 사실을 알고 있으니까. 말로 표현하지는 않았지만 엄마는 엄마의 방식대로 우리를 사랑한다. 나도 엄마를 사랑한다. 이곳에서 다른 친구들이 부모님과 관계를 맺는 것처럼 그런 관계는 아닐지도 모른다. 가여운 엄마를 생각하면 정말이지 마음이 너무 아프다. 우리에게는 아직 행복해질 수 있는 기회가 있다. 우리에게는 아직 희망이 있다. 하지만 엄마는 고통밖에 맛보지 못했다. 힘겹고 비참한 삶을 살아왔고 이제는 아무 힘도 없다. 언제나 나이에 비해 훨씬 늙어 보였다. 얼마나 부당한 일인지 모른다. 피가 거꾸로 솟는다. 그런데 더 나쁜 건 아무것도 할 수 없다는 사실이다.

이모와 이모부가 엄마를 여기로 데려와 줄 수 있을지 모르겠다. 어쩌면 평온하게 지내면서 시간이 지난다면 회복될 수 있을지도 모르겠다. 정말로 엄마가 좋아졌으면 좋겠다. 더 나은 삶이 엄마에게도 주어져야 한다.

그 사람에 대해서는 아무 소식도 들을 수 없었다. 전화가 올 때마다 이모부가 거실에서 나가서 문을 닫고 이야기를 했기 때문이다. 아무런 느낌이 없다. 전에는 두려움에 몸을 떨었다. 그와 함께 있고 그의 냄새를 맡고 그가 외치는 소리를 듣고 그에게 끊임없이 협박당하는 꿈을 꾸었다. 지금은 그 모든 것이 내 머릿속에서 지워진 것 같다. 그 사람에 대한 생각이 나지 않는다. 사실 존재하지 않는다고 믿는 편이 낫다. 진심이다. 어느 날 그 사람을 만난다면 참을 수 없을 것이다.

이제 이야기의 주제를 바꿔야겠다. 내 꿈을 잃어버리고 싶지 않다.

라우라가 다시 전화를 걸어서 같이 공연을 하자고 했다. 내가 얼마나 하고 싶어 하는지 안다면……!

사실은 너무나도 부끄러워서다. 한 번도 그 비슷한 일도 해 본 적이 없다. 하지만 한번 해 본다면……!

12월 8일

오늘은 해가 나왔다. 날이 추웠지만 산책을 할 수 있었다.

나는 동생과 함께 숲으로 갔다. 동생에게 지난번에 있었던 일에 대해서는 아무 말도 하지 않았다. 동생은 마법사들, 물론 착한 마법사들과 요정들이 있다고 고집을 부린다. 아마 어디선가 들었을 테지. 그 말에 반대하지는 않았다. 동생이 행복해하는 것을 보니 좋다.

동생을 바라보면서 행복이란 언제나 다른 사람들에게 달려 있는 것이 아니라 자기 자신에게 달려 있다는 사실을 깨달았다. 나는 언제나 내 불행을 남의 탓으로 돌렸다. 사실은 나한테는 책임이 없다고 믿고 싶었기 때문이다. 그렇게 하면 덜 아픈 게 사실이었다.

오늘 동생에게서 똑바로 생각하는 법을 배웠다. 나는 언제나 모든 일에서 나쁜 면만을 봐 왔다. 제일 먼저 사물의 끔찍한 면에 주목했다. 잘 안 된 일과 다른 사람들이 나에게 상처 준 것만 생각했다. 그러나 카르멘과 이야기하면서 내가 원하기만 한다면 다른 쪽도 볼 수 있다는 사실을 알게 되었다. 나쁜 것을 좋은 것으로 바꾸는 것 말이다. 먼저 덜 끔찍한 것을 생각하고 더 잘된 일을 생각하는 거다.

결과를 보지 말 것! 물론 쉬운 일은 아니다. 나처럼 바보라서 평생 거꾸로만 생각해 왔다면 더 힘들 것이다. 하지만 해낼 수 있다.

나를 받아들여 준다면 새로운 시작을 위해 크리스마스 공연에서 춤을 추겠다고 결심했다. 어쩌면 나는 생각했던 것보다 훨씬 더 훌륭한 발레리나일 수도 있고, 이번에 그것을 보여 줄 기회를 얻은 것일 수도 있다.

12월 10일

시도해 봐야겠다!

연습 때 공연할 장소에 가 봤다. 나는 하고 싶다. 그래, 해 보고 싶다. 아직도 구름에 떠 있는 기분이다. 굉장하다!

공연장은 오고 가는 사람들로 꽉 차 있었다. 처음에는 조금 긴장했다. 아니, 엄청 긴장했다. 하지만 라우라는 무슨 일이 일어나는지 생각할 시간조차 주지 않았다. 그리고 어느새 연극반 선생님과 음악 선생님, 무용 선생님에게 나를 소개했다.

그러고 나서 우리는 관객석에 나란히 앉아 다른 팀들의 연습을 지켜보았다. 거기에는 수없이 다양한 사람들이 있었고, 나이의 구별조차 없어 보여서 정말 좋았다. 모두 멋진 팀을 이루어 기쁘게 준비를 하고 있었다.

우리 팀이 춤출 차례가 되었을 때 선생님은 우리를 무대로 올라가도록 했다. 나는 한쪽 옆에 서서 스텝과 동작을 배웠다. 그렇게 복잡해 보이지 않았다. 내일 수업이 끝나고 다시 모여 해 볼 거다.

잘된 일이다!

열흘이란 시간이 있다. 열흘 동안 배울 수 있다. 쉬운 일이 아닌가?

센터 도서관에서 내 손에 떨어졌던 그 책 생각이 난다. 그땐 내가 읽었던 문장을 믿을 수가 없었다. '너는 가능성이 있는 존재다.' 이제 조금씩 이해하고 있는 것 같다.

12월 11일

자기 자신을 안다는 것은 어려운 일이다. 자신이 어떤 존재인지, 어떠한지에 대한 생각을 갖고 있다가도 나중에 그 생각과 실제 자신의 모습이 얼마나 다른지 알게 된다. 제대로 설명을 했는지 모르겠다. 예를 들면 나는 내가 무대에 올라서 춤을 출 수 없을 거라고 상상했다. 왜 그런 생각을 했었는지! 그건 아마도 내가 가지고 있던 두려움이라는 터무니없는 생각 때문이었을 것이다. 나는 무대에 올라 춤을 배울 수 있었고, 친구들은 나쁘지 않았다고 말해 줬다.

다시 한번 설명해 보려고 한다.

나는 내가 이런 사람이라고 생각하는데 다른 사람들은 다르게 생각할 수도 있다는 뜻이다. 물론 라우라는 내가 생각하는 것보다 훨씬 더 좋은 사람으로 나를 생각해 준다. 그래서 라우라와 함께 있는 것이 좋다. 나를 중요한 사람으로 생각해 주고 높이 평가해 준다. 라우라는 정말 좋은 친구다. 하지만…… 두렵다.

12월 12일

너무 피곤하다. 오늘은 평소보다 연습을 더 많이 했다. 내일 총연습이 있고 의상도 입어 보게 될 거다. 정말이지 감격스럽다.

동생은 감기에 걸렸다. 열이 있다. 의사 선생님이 주말 내내 집에 있어야 한다고 말씀하셨다. 옮지 말아야 할 텐데.

12월 13일

오후 수업 중 두 시간은 연습할 수 있는 자유 시간이었다. 정말 환상적이었다.

크리스마스 공연에 참가할 친구들이 모두 모였다. 연습이 끝나고 나서는 라우라가 자기 친구들과 카페에 가는데 같이 가자고 했다. 이건 정말 최고 중에서도 최고의 일이었다!

라우라가 자기 비밀 이야기를 들려주었을 때 나는 돌처럼 굳어 버렸다. 거기에 있던 남자애들 가운데 라우라가 마음에 두고 있는 애가 있었다. 나는 두 사람 모두 같은 감정이라는 느낌을 받았다.

12월 14일

사랑이나 남자애들에 관한 생각은 다시는 하고 싶지 않았다. 실망이 너무 컸기 때문이다. 하지만 오늘 다시 그 생각이 났다는 것을 고백한다.

라우라가 전화를 해서 오후에 라우라 친구들과 함께 만났다. 열두 살에서 열여섯 살 사이의 남자애들과 여자애들 모임이었다. 그들 중 여럿은 형제간이었고 모두 사이좋게 잘 지냈다. 이미 몇 명은 생일 파티에서 만난 적이 있는 데다가 라우라와 있어서 그렇게 어색하지 않았다.

우리는 인형으로 하는 축구 게임을 했다. 그러고 나서 추러스와 초콜릿차를 먹으러 광장에 갔다. 꽤 단순한 활동처럼 보일 수도 있다. 사실 여기서는 겨울에 특별히 할 것이 많지 않다. 하지만 아주 즐거웠다. 기분이 좋아지는 데는 대단히 경이로운 일이나 특별한 감동이 필요한 건 아니었다. 오늘 그것을 분명하게 확인했다.

오후에 라우라는 다빗과 이야기하느라 나한테 크게 신경 쓰지 않았다. 하지만 괜찮았다. 옆에서 두 사람을 살짝 살펴봤다. 일이 잘 진행되고 있었다.

그래서 나는 다시 그것에 대해 생각하게 되었다. 두 사람을 바라볼 때 가슴이 울렁거렸다.

12월 15일

잠을 이룰 수가 없다.

솔직해지자. 부럽다. 나는 라우라가 부럽다. 정확히 말하자면 라우라가 아니라 그런 느낌을 가질 수 있다는 게 부러운 거다. 살아 있다는, 아주 생생하게 살아 있다는 느낌. 누군가를 위해서, 그리고 누군가 때문에 살아 있다는 그 느낌이 부럽다. 마음속에서 소용돌이치는 느낌과 시간에 대한 감각마저도 잃어버리게 만드는 회오리바람 같은 감정 말이다. 입맞춤의 감동, 또는 마주 잡은 손 사이에서 피가 팔딱팔딱 뛰는 느낌. 내가 무슨 말을 하는 거지? 하여간 사랑에 대한 부러움이다.

내가 또다시 사랑에 빠지는 일은 없을 거라고 믿었는데. 이미 내 안에 사랑에 대한 바람이 생겨 버렸다.

그런데 사랑한다는 게 뭐지? 말하기는 쉽다. '재가 마음에 들어' 또는 '우리는 연인 사이야' 아니면 '나 저 애랑 데이트해' 같은 말들. 그렇지만 그게 진짜 사랑인가? 루이스와 아주 가까이 지냈을 때 루이스가 평생 함께할 수 있는 유일한 남자라고 생각했다. 루이스를 사랑했다. 하지만 그 사랑은 사라졌다. 지금 나에게 묻는다면 이제는 그 사랑이 존재하지 않는다고 대답할 것이다.

하지만 이제는 그때와 같은 사랑이 아니다. 나는 사랑은 결코 몇 마디 말로 설명할 수 있는 게 아니라고 생각한다. 사랑을 주고 싶고 사랑을 받고 싶다. 그러려면 마음을 열어야 한다. 그리고 바보 같은 생각일랑 버려야 한다. 어떻게 남자 친구에게 내 이야기를 해 주지 않고도 평온하게 있을 수 있겠는가? 뭔가 이상하다는 걸 남자 친구가 곧바로 알아챌 것이다. 하지만 내 인생에서 일어났던 모든 일에 대해서 솔직해질 수는 없다. 적어도 지금은 그렇다.

그러니까 아나, 네가 사랑을 원하고 있다 해도 천천히 가야 해.

12월 16일

밤 열한 시다. 어제는 사랑에 대한 생각을 너무 많이 해서(아무리 해도 머릿속에서 그 생각을 떨쳐 낼 수 없었다), 국어 공부를 제대로 하지 못했다. 그래서 시험을 잘 못 봤다. 세 문제에서 실수했다. 어쨌든……! 내일은 수학 시험이 있다. 방금 공부를 끝냈다. 다 한 거 같다. 하지만 공연 때문에 예민하다.

날마다 연습이 있고 나는 최선을 다하고 있다. 다른 방법이 없다.

12월 17일

사흘이다. 사흘. 이제는 다른 생각을 할 수 없다. 영어 공부도, 과학 공부도, 아무것도 생각할 수 없다. 나는 반쯤 미쳐 있다. 오늘 오후 연습 때 거의 넘어질 뻔했다. 너무 숨이 막히고 부끄러워서 강당에서 뛰쳐나가고 싶었다.

마리아 선생님은 나에게 침착하라고 계속 말했지만 그 말 때문에 더 나빠졌다. 하느님! 얼마나 고통스러운지요! 20일이 다가온다는 사실을 믿고 싶지 않다.

내일은 마지막 연습이 있다. 오, 하느님! 모든 것이 잘되게 해 주세요!

12월 18일

카르멘이 연습에 와 줬다. 공연이 정말 좋았고 내가 아주 잘했다고 말했다. 무슨 다른 말을 하겠는가! 내 동생이니. 마음속에서부터 기운이 솟아났다. 사실 만족스럽다. 긴장된다. 하지만 만족스럽다. 이런 느낌은 정말 오랜만이다. 내가 해낼 수 있다는 믿음이 생겼다. 나 자신에 대한 믿음은 원래부터 있었던 건 아니다.

이 공연을 하게 되어서 기쁘다. 어쨌든 그저 단순한 크리스마스 공연인데 이렇게까지 말하고 또 말하는 게 바보 같아 보일 수도 있다. 하지만 아무 의미 없어 보이는 일일지라도, 살면서 한 번도 인정받아 보지 못한 사람에게는 얼마나 중요한 일인지 모른다. 설명할 수가 없다. 무대에 오를 때 나는 진짜 배우가 된 느낌이다.

12월 19일

초조하다! 열 손가락 손톱을 다 깨물었다. 빨리 내일이 오지 않으면 내 몸이 남아날 곳이 있을지 모르겠다.

12월 20일

잘했어!

넘어지지도 않았고, 머릿속이 하얗게 되지도 않았고, 실수하지도 않았고, 떠는 것처럼 보이지도 않았고, 정신을 놓지도 않았고, 동작을 희미하게 하지도 않았다.

다만 모든 행사가 끝나고 라우라가 부모님을 만나는 것을 보자 조금 슬펐다. 하지만 곧바로 동생과 이모, 이모부가 사람들 사이에서 나에게 손짓을 했고 최대한 빨리 달려가 만났다. 그사이 내 슬픔은 모두 날아갔다.

내일은 공연에 참여한 학생들과 선생님들이 모두 모여 저녁 식사를 한다. 이모와 이모부도 허락해 주셨다.

나는 여기서 계속 이렇게 살아갈 수 있기만을 기도드린다.

12월 21일

믿을 수 없다. 아직도 내가 느끼는 이 느낌을 말로 설명할 수가 없다. 나도 채 이해를 하지 못했으니까.

우리는 저녁 식사를 하고 있었다. 정말 즐거웠다. 공연에 참가했던 아이들과 기다란 식탁에 앉아 학교생활과 방학에 대한 이야기를 나누면서 그곳에 있는 내가 예전과 같은 사람이라는 사실을 이해할 수 없었다.

사실 한 남자애가 내가 여기 오기 전에 어디에 살았는지 물어봤을 때 잠깐 흔들리기는 했다. 나는 잘 피해 갔다. 그 애는 더 이상 물어보지 않았고, 다행이라 생각한다. 나는 그 애 얼굴을 똑바로 쳐다보면서 대답했다. 이번에는 내 얼굴이 달아오르지 않았던 것 같다.

그래. 나, 아나, 그곳에서 숨 쉬고 사람들 사이에 앉아 있는 아나였다.

먼저 말을 꺼내는 건 정말이지 아직도 어렵다. 하지만 모르는 아이들에게 질문하고 있는 나 자신을 보면서 나도 놀랐다.

라우라는 다빗과 내 사이에 앉았다. 물론 다빗 쪽을 훨씬 더 많이 바라봤지만 괜찮았다…….

저녁 식사가 끝났을 때 몇몇 애들이 노래를 부르기 시

작했고, 나머지 애들도 따라 불렀다. 나는 아직 노래까지 부르진 못했지만 아이들을 바라보고 박수 치면서 즐거웠다. 그리고 자리에서 일어나 작별 인사를 하기 시작했다. 볼 인사와 포옹……. 라우라와 다빗은 나를 집까지 바래다주었다. 둘이서 손을 잡고 천천히 모퉁이를 돌아가는 모습을 봤다.

집에 들어오고 30분쯤 지나 라우라에게 전화가 왔다. 내일 오후에 라우라의 친구들과 오빠와 함께 만나서 산책을 하면 좋겠다고 했다. 오빠 이야기를 듣고는 놀랐다. 라우라에게 오빠가 있는 줄 몰랐다. 알고 보니 둘이나 있었다.

무척 차분해지는 느낌이다. 침착함. 바로 그거다.

왜인지는 모르겠는데 비올레타 생각이 났다. 그런데 이제는 비올레타처럼 되고 싶다는 생각이 들지 않았다.

침착하게 길을 건너다

광장 앞의 길을 침착하게 건넜다. 전구와 여러 가지 장식으로 아름답게 꾸며진 키오스크를 바라봤다. 아직 불이 켜지지는 않았지만 크리스마스 음악이 키오스크 위에 있는 세 개의 확성기를 통해 흘러나왔다. 아나는 눈을 감고 깊게 숨을 쉬었다. 깊은 호흡을 하면 훨씬 더 잘 느껴질 때가 있다. 그래서 좋아한다. 마음속까지 느껴진다. 너무나도 구수한 군밤 냄새가 나서 순간 정신이 들었다.

이미 알고 있는 친구들의 모임이었다. 아이들은 빨간색 나무 벤치 주변에 모여 있었다. 아나는 가장 든든한 친구인 라우라를 찾으면서 천천히 그쪽으로 다가갔다. 라우라는 서 있었다. 벤치에 앉아 있는 누군가와 손짓을 하며 몸을 흔들면서 이야기를 하고 있었다. 몸이 가려져 있어서 누구인지는 보이지 않았다. '다빗인가 보다.' 아나가 생각했다. 그리고 인사를 하려고 미소 지을 준비를 했다.

누군가 이름을 불렀고 라우라가 돌아섰다. 커다란 밤색 눈동자가 반짝였다. 라우라의 눈빛이 동틀 무렵 안개처럼 라우라를 감싸 안았다.

곧바로 아나는 몸을 돌려 뛰어가고 싶다는 생각을 했다. 모르는 사람을 만난다는 두려움 때문에 피하고 싶었다. 하지만 그렇게 하면 모두 자신을 바라볼 거라는 부끄러움 때문에 하는 수 없이 친구들이 모인 쪽으로 갔다.

"빨리 와. 아나. 뛰어." 라우라가 재촉했다. "미겔을 소개해 줄게!"

아나는 다른 차원의 세계에 존재하듯 발걸음에 몸을 맡겼다. 아무렇지도 않은 척하려고 했지만 피가 멎는 것 같은 두려움이 느껴졌다.

"안녕!" 아나는 아무도 쳐다보지 않은 채 자연스럽게 상투적인 인사를 건넸다.

"아나. 우리 오빠 미겔이야. 큰오빠 니콜라스는 못 왔어." 라우라가 설명을 했다. 그러고 나서 목소리를 낮추고 아나의 귓가에 속삭였다. "여자 친구 만나러 간 것 같아."

미겔은 일어나서 웃으면서 손을 내밀었다. 아나는 미겔의 키가 어느 정도 되는지 확인하고 그의 목소리를 들을 수는 있었다. 하지만 무슨 말을 하는지는 들리지 않았다. 그저 손을 내밀고 악수를 했을 뿐이다.

"안녕, 아나! 잘 지냈지?"

굉장히 친근한 말투였다. 어렸을 때부터 알고 지냈던 것처럼 말을 했다. 그런 느낌이 들었다. 동시에 남자 친구들과 자연스럽게 지내지 못하는 자신이 한심했다.

"아, 나는, 응, 잘 지내." 허겁지겁 이렇게 대답하고는 그렇게밖에 행동하지 못하는 자신을 원망했다. 그런 행동을 조금이라도 고치려는 생각조차 못 하고 살아왔다. 머리카락까지 떨려 오는 것이 느껴졌다.

다른 친구들은 이미 하던 대로 움직이기 시작했다. 예전에도 그랬듯이 의견이 모아지지 못했다. 몇몇 친구들은 강가로 가자고 했다. 하지만 너무 추웠다. 다른 친구들은 따뜻한 것을 좀 먹자고 했고, 또 다른 친구들은 크리스마스 선물을 사고 싶어 했다.

생각할 시간조차 없었다. 라우라는 아나의 팔을 잡고 인도 가장자리로 밀고 갔다.

"아나. 우리하고 함께 가겠다고 말해 줘! 우리 오빠가 솔방울을 줍고 싶어 해. 엄마가 식탁에 놓을 촛불 장식을 만들고 싶다고 하셔서 주워다 드린다고 약속했거든. 근데 그건 그냥 숲에 가려는 핑계야. 도대체 숲속에다 뭘 두고 왔나 모르겠어. 어쨌든 오빠는 숲을 좋아해. 내가 같이 가겠다고 했어. 그런데 다빗한테도 같이 가겠다고 약속했거든. 오면 이야기해야 해. 함께 가자고 말을 해 봐야지. 우리하고 갈 거지?"

아나는 아무 말도 들어오지 않았지만 상관없었다. 좋다고 했다. 이미 미겔 앞에서 바보 같은 짓을 했으니, 이제 아나에 대한 이미지는 쉽게 바뀌지 않을 것이다. '첫인상이 중요한데.' 아나는 후회가 되었다. 왜냐하면 미겔에게 특별한 무언가가 느껴졌기 때문이다.

마침내 팀이 나누어졌다. 아나와 라우라, 다빗과 미겔은 산 후안 거리를 통해서 숲으로 향하는 길로 걸어갔다. 두 사람이 앞장섰고 아나와 라우라는 선물 이야기를 나누면서 뒤따라갔다. 선물은 다음 날 사기로 했다.

도착하자 저녁노을이 숲 전체에 드리우기 시작했다. 나무들이 희미하게 보였다. 어둡고 위협적인 세계로 들어가는 것은 거의 두려움이었다. 아니 경외심이었다. 그러나 아나는 밤이 다가오는 것보다 통제할 수 없는 자신과 자신의 행동을 더 걱정하고 있었다.

라우라가 처음 만난 나무들 사이에서 솔방울을 줍자고 제안했다. 라우라와 다빗은 조금 멀어졌다. 어찌해야 할 바를 몰랐던 아나는 불안함을 감추려고 솔방울을 줍는 데 몰두했다. 어쩌면 두 번 다시 볼 수 없을지도 모를 만큼 너무나도 아름다운 해 질 무렵의 이 숲에서 미겔과 단둘이 있다는 극심한 긴장감을 감추어야 했다.

10분도 안 되어 솔방울 한 자루를 가득 채웠고, 네 사람은 돌아가기로 했다.

아나는 혼란스러웠다. 라우라와 다빗은 몇 미터 앞서가고 있었다. 아나는 그 뒤에서 미겔과 함께 걸으며, 감정 다툼을 벌이고 있었다. 미겔 앞에서 바보 같은 모습을 보여 준 것 때문에 자신에게 화가 났다. 라우라에게 화가 났다. 여기서 어떻게 빠져나가야 할지 도무지 알 수가 없었다. 그리고 아나가 언제까지 참고 견딜 수 있는지 시험이라도 하듯 자신을 바라보며 웃고 있는 미겔에게도 화가 났다.

그러나 동시에, 이것이 가장 마음 아픈 일이었는데, 자신의 왼편에서 걸어가는 이 사람은 잘생긴 것 이상의 뭔가를 가진 것 같았다. 곱슬머리에 키가 크고 말랐지만 강해 보였다. 그리고 눈빛……. 그는 말없이 뭔가를 이야기하고 있었다. 아나는 미겔의 그런 점이 좋았다. 그건 믿음이었다. '이 사람을 사랑하게 되지 않더라도' 하고 생각했다. 사랑해선 안 된다고, 거의 자기 자신에게 금지하는 것이었다. 갑작스레 떠오른 생각이었다. 그 순간 미겔이 말을 꺼내서 아나는 깜짝 놀랐다.

"잠깐이라도 저 아이들 둘이 있고 싶은가 봐."

라우라와 다빗 이야기였다.

"응." 아나는 놀라서 대답했다. 더는 말이 나오지 않았다.

"그거 알아? 너를 만나고 싶었어. 라우라가 쉬지 않고 네 이야기를 해서 내 동생의 새로운 친구가 어떤 사람인지 정말 궁금했어."

미겔은 아나의 눈을 똑바로 바라보았다. 아나는 시선을 어디에 둬야 할지 몰랐다.

"아, 나는……."

라우라가 오빠 이야기를 했는지 기억나지 않았다. 했는데 새겨듣지 않았을 수도 있다. 좀 더 주의 깊게 들었어야 했는데. 뭐라 할 말이 없었다.

"뭐라고?" 아나의 말을 제대로 알아듣지 못했다고 생각한 미겔이 물었다.

"아니. 아니야."

짧은 침묵이 흘렀다. 침묵이 불편했는지 미겔이 대화를 하려고 입을 열었다.

"여기서 지내는 거 어때?"

"좋아."

아나는 말을 많이 하지 않았다. 자기와 함께 걷고 있고, 점점 더 좋아지려고 하는 이 사람이 옆에 있는 거추장스러운 존재에게서 벗어나기 위해 마을로 돌아가기를 바라고 있을 거라고 생각했다. 아나는 울고 싶었다. 땅속으로 꺼져 버리고만 싶었다.

머릿속이 희미해지는 것 같았고 목이 막혀 왔다. 세 단어를 이어서 말할 수 없을 지경이었다.

눈꺼풀이 떨리기 시작했다.

이제 마을로 들어섰다. 앞을 바라봤다. 라우라와 다빗은 사라졌다. 큰길 두 개는 크리스마스 장식으로 반짝였고 상점들도 마찬가지였다. 축제 분위기가 느껴졌다. 안개가 조용히 내리기 시작했다. 아나는 고개를 숙였다. 관찰당하는 느낌이 들었다.

"추워?" 미겔이 묻더니 팔로 아나의 등을 감싸려 했다.

너무나도 연약해서 어쩔 줄 모르고 있던 아나에게 그 행동은 지나쳤다. 목이 막혀서 단 한 마디도 나오지 않았다. 갑자기 뛰기 시작했다. 집 앞에 도착할 때까지 멈추지 않고 뛰었다. 집에 도착하자 눈물이 흘렀다.

12월 22일

벌써 23일이다. 아침 다섯 시. 나는 새벽 세 시까지 울었고 지금도 잠을 이룰 수가 없다. 눈이 토마토처럼 되었을 거다. 이모에게 뭐라고 말을 해야 할지 모르겠다.

나는 정말 바보다. 바보 중에서도 바보다. 믿을 수가 없다. 왜 그런 식으로 행동했을까? 나를 이해할 수가 없다.

전혀 나쁘지 않은 남자를 알게 되었다. 친구의 오빠다. 처음 보는 순간부터 마음에 들었고 나도 미겔의 마음에 들었던 것 같다. 그런데, 아나, 도대체 뭘 한 거야……? 단 두 마디도 하지 않은 채 뛰어왔으니. 게다가 무슨 일이 있었는지 알고 싶어 라우라가 전화를 했는데 나는 샤워 중이라 전화를 받을 수 없다고 핑계를 대면서 동생에게 대답하라는 바보 같은 짓을 했으니. 기가 막히다!

이제 내가 정말 화가 났거나 뭔가 더 나쁜 일이 있었던 거라고 생각하겠지. 나는 정말이지 바보 같아서 다시 라우라에게 전화를 걸 생각도 못 했다. 실패했다는 느낌과 죄책감까지 들었다. 가장 따뜻하고 부드러운 눈빛을 가진 그 사람에게 받아들여지지 못했다는 슬픔까지 더해졌다.

나에게 무슨 일이 일어난 걸까?

아나, 무슨 일이야?

12월 23일

우울하다. 라우라가 세 번이나 전화를 걸어왔지만 받을 수가 없었다. 부끄럽다. 라우라와 쇼핑을 가지 못하고 동생과 다녀왔다. 동생도 슬퍼한다. 엄마 생각을 하고 엄마가 지금 어떻게 지내고 있을까 걱정한다. 최근 들어 나는 엄마 생각을 거의 하지 않았다. 지금은 다른 일 때문에 마음이 더 아프다.

우리는 이모와 이모부 선물을 샀다. 그분들 이야기를 하지 않았는데, 정말 좋은 분들이다. 조금 더 기운이 나면 그분들 이야기를 하겠다. 그분들이 아니었다면 우리는 지금 여기에 있지 못할 테니까.

엄마 선물로는 라일락 향이 나는 향수를 샀다. 엄마는 언제나 라일락 향을 좋아했다. 우리는 아버지에 대해서는 언급조차 하지 않았다.

길을 건널 때 나는 라우라가 미겔과 또 다른 남자(니콜라스?)와 함께 어떤 가게에 들어가는 모습을 봤다. 셋 다 진지한 표정이었다. 뭔가에 화가 나 있는 건지도 모르겠다!

모든 일이 잘되어 가는데 왜 지금 이런 일이 일어났을까?

어떻게 해야 할지 모르겠다.

12월 24일

크리스마스이브다. (크리스마스 기분이 났다면 좋으련만!) 밤 열 시쯤 되었다. 방금 저녁 식사를 하려고 옷을 입었다. 하루 종일 이모를 도우면서 지냈다. 오늘 오후에 우리는 엄마가 있는 병원에 전화를 걸었다(이모는 2주에 한 번씩 전화했다). 하지만 통화를 할 수 없다고 했다. 엄마는 조금 좋아졌지만 아직도 시간이 더 필요하다. 전화를 끊었을 때 카르멘은 울음을 터뜨렸다. 우리는 부둥켜안았다. 마음이 아프다.

이모랑 카르멘이 식탁으로 나오라고 부르고 있다. 라우라한테서는 연락이 없다.

12월 25일

그 모든 일에도 불구하고 오늘은 크리스마스다. 오후 네 시다. 우리는 엄청 늦게 일어났다. 어제 저녁은 기대했던 것보다 훨씬 괜찮았다. 우리는 뭔가 특별한 음식을 준비하고 싶었는데 기대에 부응했다. 다들 무척 맛있게 먹었다. 적어도 나는 그랬다. 게다가 나는 카르멘과 함께 캐럴을 불렀고 크리스마스트리와 구유 옆에서 같이 사진을 찍었다.

기분이 조금 좋아졌다. 어젯밤 저녁 식사 때문만은 아니다. 미겔을 보았기 때문이다.

카르멘은 식사 준비를 하며 집에 있고 싶어 했다. 나는 산책을 하러 나갔다.

숲으로 갔다. 빛이 쏟아지던 그곳으로 다시 가 보고 싶었다. 날은 추웠고 습기가 차서 장화가 젖어 왔다. 하지만 그곳에 가고 싶었다. 다시 떠올려 보고 싶었다.

거기로는 가지 못했다. 나무들 사이로 다가갔을 때 누군가 내 앞으로 걸어가는 것을 보았다. 조금 두려워졌다. 그래서 아무 소리도 내지 않으려고 가만히 있었다. 미겔이었다. 키가 더 커 보였다. 미겔은 빠른 걸음으로 절벽까지 갔다.

나는 충분히 거리를 두고 뒤따라갔다. 미겔은 날아가듯

팔을 들어 올리고 나서 다시 팔을 내렸다. 바다를 바라보며 잠시 조용히 있더니 180도 방향을 돌려 내가 있는 곳을 향해 뛰기 시작했다. 깜짝 놀랐다. 내가 그곳에 있다는 사실을 들켜 버린 줄 알았다. 그러나 미겔은 그냥 지나쳤다. 노래를 부르고 있었던 것 같다. 다행이다! 잠시 후에 나도 뛰어서 집으로 왔다.

이건 비밀이다. 그를 알아봤을 때 심장이 뛰기 시작했다. 몸에서 그렇게 특별한 반응을 느낀 건 정말 오랜만이다. 행복하다. 우리가 뭔가 공통점을 갖고 있다는 걸 알게 되었으니까.

아직 12월 25일이다. 밤 열 시 반. 방금 라우라가 전화를 걸어서 크리스마스를 축하한다고 말해 주었다. 나는 미안하다고 말하려 했는데 틈을 주지 않았다. 미겔이 나타났다. 우리의 목소리가 모여서 같은 말을 반복했다. 메리크리스마스!

손이 떨려서 글을 쓸 수 없을 지경이다. 내일 오전에 모두를 만나기로 했다. 오후에는 할아버지 댁에서 송년 파티를 하기 위해 여행을 간다고 한다. 내가 잠들 수 있을지 모르겠다.

시간이 날아가길!

12월 26일

나는 거리로 나왔다. 결심이 섰다. 두려움과 부끄러움, 슬픔, 미겔에게 다가가는 것과 진정한 아나로 다시 태어나는 걸 방해하는 모든 것과 맞서 싸울 준비가 되었다. 가면을 쓰지 않은 나 자신을 알아볼 수 있도록 내가 되고 싶다.

언제나 다른 사람의 의견에 신경 썼다. 다른 사람 의견에 따라서 하늘 꼭대기까지 올라가거나 땅속으로 꺼지곤 했다. 그러나 이제 나에게 가장 중요한 것은 내 의견이다. 내가 어떻게 해야 할지 모를 수도 있다. 그러나 내가 원하는 것은 분명하다. 무엇보다 절대 서두르지 않는 거다.

나는 너무나 기분 좋은 새로운 느낌을 발견했다. 그건 사랑에 대한 나의 기억과도 전혀 다르다. 내가 미겔에게 느끼는 것이 진정으로 무엇인지 알게 되었으면 좋겠다. 알게 된 지 얼마 되지 않았고 이야기조차 제대로 해 보지 않았다. 그러나 여기 내 마음속에서 이번에는 뭔가 다를 것이라는…….

빨리 가야 한다. 안 그러면 늦을지도 모른다. 나에게 행운이 있기를!

아! 센터의 아나 선생님에게 카드가 왔다. 단순한 크리스마스 카드였지만 정말이지 기뻤다. 선생님은 나를 기억하고 있고 내가 좋아지기를 바란다는 말을 하고 싶었던 것 같다. 나도 좋은 소식을 전할 거다!

이제 나는 간다.

됐어어어어어어! 소리치고 싶다. 밤 열두 시 십 분이다. 나는 행복하고 슬프다. 이제 이런 모순된 감정이 내 일상이 되기 시작하나 보다. 나에게 일어났던 일 때문에 행복하고 미겔이 가 버렸기 때문에 슬프다. 이제 라우라가 다빗 때문에 예민해지던 것을 이해한다.

잊지 않고 기억하기 위해서 오늘 아침에 있었던 모든 일과 내가 했던 말을 쓰려고 한다.

나는 총알같이 달려가야 했다. 이미 글을 쓰면서 시간을 많이 지체해서 늦어 버렸다. 그들은 거기에 있었다. 라우라와 다빗, 그리고 미겔은 신이 나서 이야기하고 있었다. 내가 가까이 가자 라우라가 다가와서 먼저 말을 꺼냈다. 나한테 미안하다고 말하고 있었다!

"아니야. 라우라. 미안한 건 나야. 정말이야."

그런 말은 할 수 없을 줄 알았다. 말하고 나니 마음이 한결 가벼워졌다. 때때로, 아니 언제나 한 걸음 내딛는 것이 어렵다. 하지만 그다음에는 편안해진다.

"이 이야기는 그만하는 게 더 좋겠어. 사실 아무도 생각

못 했던 일이야. 나는 네가 우리 오빠랑 둘이 있는 걸 좋아할 거라고 생각하고 다빗과 먼저 갔어. 오빠도 너를 알고 싶어 했거든. 그런데 뭔가 잘못되었던 거야."

"그래. 내가 준비되지 않았어. 지금은 준비가 됐는지 모르겠지만, 한번 알아보고 싶어. 정말 좋은 사람 같아."

그 순간 뒤돈 채로 누군가에게 인사를 하던 미겔이 우리 쪽으로 가까이 오더니 내 팔꿈치를 잡았다. 외투를 입었는데도 미겔의 온기가 느껴졌다. 그 손이면 나를 굳어 버리게 하기에 충분했다. 숨을 쉴 수 없었다. 내 안에서 이런 소리만 들릴 뿐이었다. '왜 그래? 뭐라고 말 좀 해 봐!' 하지만 나는 아무 말도 하지 못했다. 미겔이 말했다.

"잘 지냈어? 우리 처음부터 다시 시작하면 어떨까?"

"뭐라고?"

정말 놀랐다. 생각 못 했던 일이었다.

"그러니까 우리가 처음 만나는 셈 치는 거야. 새로운 기회인 것처럼. 다시 시도하는 건 언제나 가능하잖아."

나는 조금 멍해졌다. 아직 팔에는 미겔의 손이 남기고 간 느낌이 남아 있었다. 느리게 재생되는 화면처럼 내 반응은 더디기만 했다.

"맞아." 내가 겨우 한마디 했다.

그러자 미겔이 말을 쏟아 내기 시작했다.

"안녕! 나는 미겔이야. 라우라의 오빠지. 라우라가 네

이야기를 너무 많이 해서 가까이에서 보고 싶었어. 나는 열여덟 살이고, 심리학과 1학년이야……. 아, 그렇게 나를 보지마. 나는 아무것도 몰라. 심리학을 공부한다고 해서 네가 어떤 사람인지, 네 성격의 비밀이 뭔지 알 거라고는 생각하지마. 적어도 현재로서는, 전혀 모르니까." 그러고는 웃었다.

나는 아주 당혹스러웠다. 무슨 말을 해야 할지 몰랐다.

"어쩌다 심리학 공부를 하게 됐어. 언젠가 누군가에게 도움이 되면 좋겠다는 생각이야. 나는 아이들을 좋아해. 그래서 이 분야에서 아이들과 관련된 일을 했으면 좋겠어. 무엇보다 가족이 없는 아이들……. 부모 없는 아이들을 위한 일을 하고 있는 친구가 하나 있는데 그 친구하고 이야기하는 건 정말 흥미로워."

미겔은 잠시 입을 다물었다가 내가 여전히 아무 말도 없으니까 계속 이야기를 했다.

"아. 내가 다른 이야기를 했네. 나는 너를 알고 싶어. 그 말을 하는 거야. 나한테 대답을 줄래?"

나는 아무 말도 못 했다. 정말이지 가장 바보 같은 미소를 짓고 있었던 것 같다. 게다가 놀라서 잠깐일지라도 입을 다물지 못했던 것도 같다.

잠시 시간이 지났다. 우리 사이에 있던 침묵을 못 참을 지경에 이르렀다. 뭔가 말을 해야 했다. 빨리, 뭔가, 무슨 말이라도. 마음이 급해졌다.

"음……. 나는 아나야. 여기서 공부를 해. 라우라와 같은 학교, 같은 반에서 공부해. 라우라에게 형제가 하나, 아니 둘 있다는 사실을 몰랐네."

왜 그런 말을 했는지 모르겠다. 분위기를 좀 편안하게 하고 재미있게 하기 위해서였을 것이다. 그러나 바보 같은 말이었다. 게다가 전혀 필요 없는 말까지 했다.

"나도 정말 좋은 심리 상담 선생님을 알고 있어. 한 번 보기만 해도 어떤 사람인지 알 수 있는지는 모르겠어. 하지만 도와주려고 노력해. 적어도 나한테는 그랬어."

나는 급히 입을 다물었다. 무슨 말을 하고 있는지 몰랐다. '아나, 너 실수했어!' 나는 작은 소리로 나 자신에게 외쳤다. 나한테 뭔가를 물어봤는데, 나는 뭐라고 대답해야 하지……? 나는 친절한 것처럼 보이고 싶었고, 미겔의 마음에 들고 싶었다. 솔직하게 말해서 왜 그랬는지는 알 수 없지만 어떤 방식으로든 내 상황을 말하려고 했었다. 그런데 할 수 없었다. 선뜻 말이 안 나왔다.

미겔이 뭔가 눈치챘던 것 같다. 주제를 바꾸었다.

"저기 가서 뭐 좀 마시면 어떨까? 여기 있다가는 우리 모두 얼어붙어 버리겠어."

라우라는 다빗과 이야기를 하고 있었다. 라우라가 다빗에게 할아버지 댁 주소를 알려 주고 있었다. 두 사람은 우리 쪽으로 왔고 장소를 옮기는 편이 낫겠다고 결정했다.

우리는 광장에 있는 카페테리아에서 올리브를 먹으며 코카콜라를 마셨다. 그러고 나서 군밤을 샀다. 종이봉투 사이로 전해지는 따뜻한 느낌이 좋았다. 냄새만 맡아도 이미 먹은 것 같았다. 키오스크 쪽에서 크리스마스 캐럴이 들려오는 것도 알아채지 못했다. 쓸쓸한 노래였다. 내가 무슨 생각을 하고 있었는지 모르겠다. 순간 귓가에서 미겔의 목소리가 들려왔다.

"너의 웃음에 대한 상이야!"

무슨 말인지 알아듣지 못했다. 미겔을 바라봤다. 가까운 곳에서 우리의 눈이 마주쳤다. 나는 얼어붙었다. 동시에 내가 공중에 떠 있는 것 같았다. 아무도 눈치채지 못하게 살짝 나를 꼬집었다. 꿈꾸고 있는 것 같았기 때문이다. 하지만 나는 깨어나지 않았다. 분명했다. 갑자기 더는 참을 수 없어졌고 어쩔 수 없이 웃음을 터뜨렸다(웃음은 전염성이 강하다). 모두들 따라서 웃음을 터뜨렸다.

그때부터 나는 시간 개념을 잃어버렸다. 첫째 오빠인 니콜라스가 와서 오징어튀김을 사 줬다는 것은 안다. 하지만 내가 오징어튀김 맛을 봤는지는 모르겠다. 비가 오기 시작했다는 것도 기억한다. 가볍고 조용한 비였다. 빗소리 덕분에 음악 소리를 제외한 다른 소리는 작게 들렸다. 다른 세계에 있는 것 같았다. 주룩주룩 내리는 비에 나를 맡겼다.

라우라가 나한테 작별 인사를 하고 다빗의 팔짱을 끼고 나갔던 것도 생각난다. 미겔과 나는 천천히 걸었다. 갑자기 우리 집이 아주아주 멀리 있었으면 싶었다. 그 시간이 영원히 계속되기를 바랐다.

마지막으로 안녕이라는 말이 내 귓가에 맴돌고 팔꿈치를 찌르던 그 감촉이 기억난다. 동시에 나를 송두리째 감싸 안았던 미겔의 눈빛이 기억난다. 그 눈빛은 내가 결코 빠져나오고 싶지 않은 곳에서 보호막처럼 나를 지켜 주는 것 같았다.

미겔……!

아나, 너 아직 잘 모를지도 모르겠는데, 그 사람은 생각보다 훨씬 더 너를 좋아하는 것 같아. 이제 그렇다고 믿어. 나는 다시는 이런 일에 빠져들지 않겠다고 다짐했었는데. 그런데 이제 내가 미겔을 좋아한다. 사랑에 빠진다는 건 행운이다. 그리고 또한 불행이다. 올라가고 내려가기를 반복하는 롤러코스터를 타는 것과 같다. 좋을 때도 있다. 때로 두려움을 느낄 때도 있고 넘어질 때도 있다. 하지만 마음속에 뭔가를 남겨 준다. 그리고 항상 같은 말을 반복하면서 끝난다.

미겔……. 정말 멋진 이름 아냐?

미겔…….

미겔…….

12월 27일

정말 걱정스럽다.

열두 시 이십오 분이다. 밖에 나갔다가 방금 돌아왔다. 이모 심부름을 다녀왔더니 동생이 울고 있었다. 지금껏 한 번도 본 적이 없는 얼굴로 '앉아 봐. 올 것이 오고 말았어'라고 말하고 싶어 하는 듯했다.

우리 엄마! 무슨 일이 생긴 거야……! 순간 이런 생각이 머릿속에 떠올랐다.

이모가 현관으로 나왔다. 이모 얼굴도 평온한 얼굴이 아니었다. 이모가 말했다.

"이리 와, 아나. 둘 다 부엌으로 가자."

순간 신경이 곤두섰다.

"엄마 일이에요?" 내가 물었다.

"아니. 그게…… 아버지." 카르멘이 울먹이며 말했다. 그 단어를 발음하는 것조차 힘겨워했다.

나는 아무것도 이해할 수 없었다. 그 사람에게 무슨 일이 일어났다는 말인가?

우리 셋은 식탁에 앉았다. 이모가 말을 하기 시작했다. 이야기를 들으면서 그 순간 세상이 영원토록 멈춰 버리기만을 바랐다. 더 이상 앞으로 가지 않기만을. 아니면 모든 것이 그냥 농담일 뿐이기를. 하지만 아니었다.

"아나. 방금 전화를 받았는데…… 사실 누구인지도 모르겠어. 너희 아버지를 풀어 줬대. 더 이상 잡아 놓을 명분이 없대. 그날 너희 집에서 술 취해서 행패를 부린 것 말고는 다른 고소 사건이 걸린 것도 없고. 이웃 사람들은 복잡한 일에 얽히고 싶지 않으니까 더는 아무 말도 안 했대. 그래서 이제 나와서 다닐 수 있게 됐나 봐. 지금 무슨 생각을 하고 있는지 알 수가 없구나."

이모는 천천히 말을 했다. 마치 남의 이야기를 하듯 담담한 말투였다. 그러고는 말투를 조금 바꾸어서 사회복지사에게 전화를 걸었다고 말했다. 사회복지사가 걱정하지 않아도 된다고 했단다. 우리에게 아무런 나쁜 짓도 하지 못할 거라고. 하지만…….

"성질이 나면 얼마나 난폭해지는지 알지. 그리고 뭔가 머릿속에 나쁜 생각이 스쳐 가면……." 이모가 말끝을 흐렸다.

나는 무슨 말을 해야 할지 몰랐다. 카르멘을 끌어안았다. 그리고 우리 둘은 이모의 품 안으로 피신했다. 너무나도 슬펐고 혼란스러웠다. 동생은 두려움에 떨었고, 나는 고통과 분노가 뒤섞인 감정이 휘몰아쳐서 아무 생각도 할 수 없었다.

"우리 어떻게 되는 거야?" 카르멘이 물었다. "우리를 데려간다고 하면 따라가야 해?"

"아니야! 그건 안 돼. 여기서 안전하게 지낼 수 있어. 우리는 한 발자국도 움직이지 않을 거야." 내가 소리치다시피 말했다. "이모와 이모부가 괜찮다고 하시면 우리는 언제까지라도 여기에 있을 거야. 우리가 뭔가 해야 할 거라고 걱정하지 마. 뭔가 해결책이 나올 거야……."

무엇인지 확실하게는 알 수 없었지만 나는 방어하고 있었다.

이모도 울먹이며 고개를 끄덕였다.

끔찍했다. 지금 와서 어떻게 이런 일이 생길 수 있을까? 어떻게 세상이 이렇게 미쳐 돌아갈 수 있을까? 하느님! 이럴 수는 없습니다! 삶은 왜 커다란 기쁨을 주었다가 1분도 채 안 되어서 이렇게 강하게 후려친단 말인가? 이건 아니다! 말도 안 된다!

12월 28일

아무 잘못이 없다! 아무 잘못이 없다!

아무것도 하고 싶지 않다.

전화벨이 울릴 때마다 까무러칠 지경이다. 그동안은 전화벨이 울리면 미겔일지도 모른다는 기대로 들떴는데(사실 미겔은 전화하지 않는다), 지금은 내 속을 온통 뒤집어 놓고 끔찍한 술 냄새를 풍기는 그 사람일 수도 있다는 생각에서 벗어날 수가 없다.

기대는 절망으로 바뀌어 버렸다.

12월 29일

나는 놀랐고 슬프고 외롭다. 센터 꿈을 꾼다. 어둠이 나를 삼켜 버리려고 내 머리 위에 가만히 있다. 나는 숲의 빛을 기억해 냈지만 내 안에서 그 빛의 흔적을 찾을 수 없다.

12월 30일

집에서 순간순간 긴장감이 높아져 간다. 동생은 계속 울고 매우 예민해져 있다. 이모는 동생을 의사에게 데려가고 싶어 했지만, 이모부는 어디에 가서 진료를 받아야 하는지 모른다. 나는 말을 할 힘조차 없다. 아무것도 하고 싶지 않다. 왜 어떤 사람들은 행복해도 좋고 어떤 사람들은 행복을 느끼기가 무섭게 다시 불행의 늪으로 빠지는 걸까?

행복한 순간이 이어지면 안 되는 걸까?

12월 31일

이제 올 것이 왔다! 우리에게 밤이 왔다! 열두 시가 될 때까지 기다릴 필요도 없었다(사실 그건 상관없다. 한 해를 시작하기 위한 새로운 꿈 같은 건 이미 다 잊어버렸다).

전화벨이 울렸을 때 카르멘은 그 사람인 것을 알고 전화를 받지 말라고 애원했다. 하지만 이모부는 전화를 받았다. 이모부의 표정이 모든 것을 말해 주었다. 그 사람은 술을 마신 상태였고, 딸들을 찾아 새로운 생활을 시작하기 위해 이곳에 오겠다고 선언했다.

그와 함께 새로운 생활을! 터무니없는 말이다! 얼마나 모순되는 말인가? 더구나 이 마을에 머물기 위해 바로 이곳에서 일을 찾겠다니.

생각만 해도 몸서리가 쳐진다.

카르멘에게 신경 발작이 와서 간호사인 이웃이 진정제를 놓아 주어야 했다. 우리 이야기를 알고 있는 것 같다. 이모와 이모부와 무척 친한 사이였고 '긴장했어. 틀림없어. 기억 때문에. 가엾어라. 그런 일을 겪다니! 분명해……' 하고 중얼거리는 소리를 들었다.

나에게는 아무것도 분명한 건 없다.

일분일초가 지나면서 그가 가까이 오고 있다는 생각을

하니 점점 더 초조하고 점점 더 긴장된다.

뜨겁게 열이 오르는 것이 느껴진다. 하지만 내 손은 얼음장처럼 차갑다. 생각을 할 수 없다. 그저 같은 말만 되풀이할 뿐이다. 뭔가 해야만 해! 뭔가 해야만 해. 하지만, 무엇을? 절망스럽다. 지긋지긋하다. 지쳤다. 구역질이 난다. 화가 난다. 분노가 치민다. 경악스럽다.

내 삶이 다시 뒤로 돌아가는 것을 원하지 않는다. 내가 다시 그때처럼 끔찍한 존재로 돌아가는 것을 원하지 않는다.

아니야! 아니야! 아니야!

1월 1일

새해다. 삶, 그게 뭔데……? 나는 잊어버렸다. 이미 많이 늦었는데 그 사람은 아직 도착하지 않았다. 우리는 다들 바짝 긴장한 채로 집에 있다.

라우라와 미겔이 전화를 했다(다행이다). 무슨 일이 있다는 것을 알아차린 것 같다. 잘 지내고 있냐고 물었다. 그렇다고 대답했다. 하지만 내 목소리는 떨렸고 다른 말을 하고 있었다. 차라리 내가 슬프고 우울하다고 생각했으면 좋겠다. 아니면 뭐든지 믿고 싶은 대로 믿었으면 좋겠다. 이것만 아니라면 뭐든 괜찮다.

1월 2일

산다는 건 얼마나 어려운 일인가! 우리는 서로를 바라본다. 하지만 거의 아무 말도 하지 않는다. 우리 모두 고통스러운 시간을 보내고 있다. 뭐라 말할 힘이 없다. 우리는 돌아가며 서로를 껴안는다. 서로에게 용기를 주기 위해서인지, 아니면 말도 안 되는 것을 기다려야 한다는 무력감 앞에서 몸을 끌어안고라도 의지하고 싶어서인지 모르겠다. 왜 얼른 나타나지 않는 거지?

1월 3일

아무 소식도 없다! 아무 소식도. 내가 다시 손톱을 물어 뜯어서 손가락이 아프다는 것 말고는.

1월 4일

……?

갑작스런 소식을 듣다

산으로 첩첩이 둘러싸인 마을에도 이 나라의 다른 곳과 마찬가지로 뉴스가 도착한다. 정치인들이 집에서 쉬고 있다거나 강대국들이 (다른 나라들은 중요하지 않다) 두 눈 부릅뜨고 벌이는 전쟁이 크리스마스를 맞아 휴전 중이라거나 축구 경기가 없다거나 하는 뉴스 말이다. 그래서 보통 때라면 '도로에서 발생한 참혹한 사건' 정도로만 보도되었을 텔레비전의 뉴스가 상세하게 상황을 설명하는 심층 취재가 되었다.

'경솔한 행동이 부른 희생자들' 이것이 제목이었다.

일요일. 동방박사들의 날이다. (1월 6일 주님공현대축일. 아기 예수의 탄생을 알고 동방박사들이 경배하러 온 날을 기념하는 날. 스페인에서는 이날 동방박사들이 어린이들에게 선물을 갖다준다고 하며 어린이들을 위한 축제가 전국적으로 열린다: 옮긴이) 선물을 받는 밤이다.

아나와 동생, 이모와 이모부, 이들 가족은 저녁 식사를 시작하려던 참이었다. 식탁을 차리면서 동방박사의 행렬을 중계해 주는 텔레비전을 살짝살짝 보았다.

거실 소파에 기대 앉아 있던 카르멘은 담요를 뒤집어쓰고 있었다. 여러 날 동안 진통제를 먹었다. 너무 피곤해서 잠만 자려고 했다.

아나가 식탁을 다 차렸을 때 텔레비전에서는 웃음과 기쁨으로 가득 찬 세일 광고가 한창이었다. 더 행복해지려는 사람들이 솔깃해할 새로운 세계를 보여 주고 있었다. 이모는 동시에 여러 가지 음식을 준비하느라 부엌에서 분주하게 움직였다. 카르멘을 위해서는 고기 수프를, 아나를 위해서는 당근밥을 준비했고 이모와 이모부를 위한 식사는 수프와 토르티야(납작한 빵 위에 감자와 양파를 넣어 도톰하게 만든 스페인식 계란말이: 옮긴이)였다. 다들 입맛이 별로 없었고 컨디션이 안 좋았다.

무슨 일인가 터질 것 같은 순간이었다. 각자 나름대로 처음에는 침묵 가운데에서, 그다음에는 눈길을 주고받으며 행동으로 함께임을 느꼈던 그 희망이 곧 사라지려는 순간이었다. 그가 전화를 걸었고 생각지도 않았던 때에 법적인 딸들을 데리러 온다고 했다.

'왜 와야 하지?' 아나는 생각했다. 너무나도 약해진 카르멘은 궁금해할 힘조차 없었다. 그저 기다리기만 했다. '어떻

게 다시 딸들을 데려가서 살 수 있을 거라는 생각을 했을까?'
아나는 도무지 이해할 수 없었다.

텔레비전에서 뉴스가 시작되고 있었다.

그런데 곧 아버지의 이름이 들려왔다. 그때 삶과 죽음이 머릿속에서 교차되었고 마음을 꿰뚫었다. 화면에는 휴가철이면 매번 반복되던 것과 같은 영상이 나오고 있었다. 그럼에도 지금은 달랐다. 처음에 아나는 자신의 바람이라고 생각했다. 하지만 의심할 여지가 없었다. 아버지였다. 빠른 속도로 달리던 트럭 한 대가 커브 길에서 반대 방향에서 달려오는 자동차 세 대를 추월했다. 자동차 한 대는 산산조각이 났고 트럭의 앞부분은 바위와 부딪혀서 거의 납작해졌다. 텔레비전에서는 두 명의 구급 대원이 누군가를 실어 가고 있었다. 실체를 알아보는 것은 불가능했지만 아나는 어두운 색 담요 아래에 죽은 아버지의 육중한 육체가 있다는 사실을 알았다. 영원히 아나의 삶에서 사라져 버린 것이다.

아무 느낌도 들지 않았다. 끊임없는 위협에서 해방되었다는 생각조차 들지 않았다. 갑자기 텅 비었다. 희미한 번갯불에 맞아서 정신이 혼미해진 것 같았다. 땀을 흘렸다.

잠시 후 어느 정도 정신이 들자 아나가 소리를 질렀다. 이모가 놀라서 달려왔다. 조카의 행동을 보고는 남편을 부르면서 뚫어져라 텔레비전을 보기 시작했다. 이모부가 거실로 들어오기도 전에 아나와 카르멘이 아버지의 죽음을 알려 주었다.

"틀림없어?"

"그렇다니까. 두 번이나 이름이 나왔어!"

"하지만, 어떻게 그럴 수가……? 어디에 있었는데?"

"네 사람도 같이 죽었다고 했어. 앞서가던 차량에서 여행하던 일가족이랑 그 뒤차에 타고 있던 중년 여자도. 다른 사람들은 부상을 당했대. 그 사람이 사고를 일으킨 것 같아. 트럭 조수석에 타고 있었고, 급커브 길에서 트럭 운전기사에게 속도를 내라고 해서 다퉜나 봐. 트럭 기사가 정신이 나갔냐고, 미쳤냐고 했대……."

이모와 이모부는 경찰에 전화를 걸러 전화기 쪽으로 갔다. 반쯤은 정신이 나갔지만 사태 파악을 똑바로 했던 카르멘이 비틀비틀 욕실로 가서 토하기 시작했다. 아나는 소파에 앉아서 움직이지 않았다. 머릿속이 하얘졌다. 아무 흔적 없는 눈 내린 커다란 화면 같았다. 멍하니 먼 곳을 바라보았다. 갑자기 그 화면이 기억과 낯익은 생각들, 그리고 살면서 결정적인 순간에 반복했던 것들로 채워진다. 이제 뭘 어떻게?

너무 놀라서 아무것도 느낄 수가 없다. 아무것도 할 수 없다. 모든 것이 어두워진다. 이제 더는 울지 않는다. 이제 더는 초조하지 않다. 이제 더는 움직이지 않는다. 듣지도 않고 보지도 않는다. 끝없는 검은 구멍으로 떨어지기 직전 마지막 기억만을 붙잡을 수 있다. 미겔!

눈을 떴을 때는 밤이었다. 커피 향에 침대에서 몸을 돌렸다. 놀란 카르멘이 앞에 나타났다.

"어때?"

"모르겠어. 너는?"

"음……. 이런 일이 일어날 거라고는 전혀 생각 못 했어."

"그거 알아? 카르멘. 나는 생각했어. 나는 생각했어……. 그런데 이제……."

"이모부가 우리가 뭘 해야 하는지 알아보러 나가셨어. 이모부도 놀라셨어. 하지만 정말 그 사람이라면, 아직도 안 믿기지만, 장례 절차를 밟아야 할 거라고……."

"물론 그래야겠지. 몇 시야?"

"여덟 시 십 분. 그런데 사고 난 데가 이 마을에서 80킬로미터 떨어진 곳이래. 그러면 여기서 장례를 치르려고 데려오겠지? 나는 그 사람 보고 싶지 않아. 무서워……."

"그렇게 될 거야. 우리한테는 더 이상 친척도 없고 할아버지 할머니는 무덤에 계시니까……."

"언니, 정말 보고 싶지 않아. 나 꼭 봐야 해? 다쳐서 피를 흘렸을 텐데!"

"아니야. 걱정하지 마. 아무도 너한테 강요하지 않을 거야."

아나는 동생을 보호해야 한다고 느꼈다. 스스로 강해지

려고 노력했다. 마음속으로는 아나 역시 다시 아버지를 봐야 한다는 사실이 두려웠다. 지금처럼 생생하게……. 아마도 알아볼 수 없을 지경일지도 모른다.

이모가 방으로 들어와 침대에 가까이 다가왔다. 아나의 이마를 만져 봤다. 다섯 번째로 열이 없나 확인하는 것이다.

이모는 두 아이를 바라보고는 웃어 보이려고 했다. 정말이지 예상하지 못했던 일이었다. 머릿속에서는 형부와 맞서서 조카들을 보호하기 위한 계획들을 구상하고 있었다. 불쌍한 언니가 당하고 산 것처럼 그렇게 아이들을 데려가도록 내버려 두지 않을 작정이었다. 그 순간 언니에게는 사고를 숨기기로 결심했다. 적어도 지금은.

하지만 싸울 계획을 세워 준비하는 것과 그의 죽음과 마주하는 것은 다른 문제다. '어쩌면 이렇게 된 게 잘된 일일지도 몰라!' 이런 생각까지 들었다. 혼란스러웠다.

이런 생각은 모두의 머릿속에서 끊임없이 떠올랐다. 실제로 운명이 그들에게 길을 터 주고 있는지도 모른다.

아나는 침대에 앉아서 상황을 곰곰이 되짚어 보았다. 해야 할 일을 생각하면서 자신이 냉정하다는 사실을 깨달았다. 전혀 불안하지는 않았다. 가족 문제는 아나가 원했던 것처럼 해결되었다. 그런데 이상한 느낌이 등줄기를 타고 올라오더니 갑자기 온몸에서 모든 뼈가 빠져 버린 것 같았다. 분해된 것 같았다. 일어나서 솔직하게 삶과 마주할 힘이 없었다. 모든 것이 더할 나위 없이 분명해지고 지평선에 구름이 걷힌 듯한 지금 말이다. 이제는 숨을 쉴 수 있는데도 그랬다.

놀란 얼굴에 부끄러움과 죄책감이 드리웠다. 모순된 감정에 빠졌음을 느꼈다. 그때 전화벨이 울리고 카르멘이 복도 저편에서 아나의 이름을 불렀다.

라우라였다. 그건 또한 미겔도 함께 있다는 의미였다. 숨고 싶었다. 전화를 받고 싶지 않았다. 하지만 다정한 목소리를 듣고 싶은 마음이 더 컸다.

무척 단순한 통화였다. 거의 전보와 같았다. 아무 감정 없는 목소리로 무슨 일이 일어났는지 알리는 데 그쳤다. 가장 어두운 이야기는 생략하고 전화를 끊었다. 라우라의 가족은 다음 화요일에 돌아온다고 했다. 그다음 날 수업이 시작되기 때문이다. 미겔을 바꿔 줘서 이야기를 시작했을 때 심장이 떨리기 시작했고 '안녕'이라는 말만 겨우 할 수 있었다. 그리고 소리 나지 않게 천천히 수화기를 내려놓았다. 전화를 끊기도 전에 성급하게 '할 수 없어'라고 말한 게 다였다.

그러나 침묵의 시간은 아니었다. 적어도 달력에 따르면 그랬다. 즐겁고 기쁜 축제 분위기를 내 주는 크리스마스 캐럴이 광장 확성기에서 나왔다. 몇 시간 전부터 아무도 엿보지 않는 아나네 집 창문으로도 캐럴이 들려와서 분위기를 가볍게 해 주었다. 크리스마스였다. 마음 상했던 일을 용서하고 조그마한 기쁨이라도 함께 나누고 가족이 함께하는 때다. 비록 지금처럼 가족이 부서져 있을지라도 말이다. 그 순간 유령처럼 집을 지키고 있던 세 사람은 서로를 바라봤다. 고통스러웠던 침묵을 깨고 아나가 먼저 입을 열었다.

"모르겠어. 어쩌면 모두를 위해서 잘된 일인 것 같아." 아나는 간결하게 말했다.

"아마도!" 이모가 한숨을 지었다.

"맞아." 카르멘이 자기 차례가 돌아와서 이야기를 한다는 듯 덧붙였다.

아무도 무슨 말을 더 해야 할지 몰랐다. 이모가 식탁 위로 손을 뻗었고 세 사람은 손을 꼭 잡았다. 더 강해진 것 같았다. 이모부의 전화를 기다렸다. 자세한 내용을 알려 주고 무엇을 해야 할지 알려 주기를 기다렸다.

사흘 뒤 간소한 장례식이 치러졌다. 그리고 힘겨운 매장의 순간이 왔다. 매끄러운 커튼처럼 가느다란 비가 묘지 한 구석에 모인 몇 명의 사람들 위로 떨어졌다. 아나는 동생의 팔을 꼭 잡았다. 사실은 자신을 지탱하기 위해 그렇게 했다. 이모와 이모부는 두 아이 옆에 서서 우산을 들어 주었다. 뒤에는 라우라와 미겔, 몇몇 이웃들과 이모 친구 세 명이 있었다. 모든 것이 너무나도 차가웠다. 속삭이듯 바람 속에 날아간 기도 소리가 한 생명에 마침표를 찍어 주었다.

집으로 돌아오는 길 아나의 머릿속에서 생각이 맴돌았다. 관 위로, 그토록 증오했지만 어느 때든 사랑해야 할 수도 있다고 느꼈던 그 사람의 몸 위로 첫 삽이 떨어지던 순간, 숨이 막힐 지경이었다. 비록 아무에게도 그런 마음을 고백한 적은 없었지만. 자기 자신에게조차도.

1월 9일

그는 죽었다. 내 아버지가 죽었다. 무슨 말을 해야 할지 모르겠다. 모든 일은 순식간에 일어났고 나는 아직도 멍하다. 고통의 시간이 지나가고 공허한 시간이 왔다.

모든 것은 끝이 났다. 나는 어떻게 해야 할지 모르겠다. 그리고 아무 힘도 없다.

어디서부터 시작해야 할까?

사고가 있었다. 그 사람이 사고를 일으킨 것 같고 다섯 명이 죽었다. 아무 느낌이 없다.

뉴스를 보면서 알게 되었다. 그의 이름을 들었을 때 기절할 뻔했다. 그러고 난 뒤 모든 것은 희미해졌다. 잠시 후에 나는 깨어났고 꿈이 아니었다. 분명한 현실이었다. 뒤로 돌아가는 일은 없었다.

이모부가 모든 일을 맡아서 처리했다. 불쌍한 이모부! 정말 이제는 이모부가 얼마나 멋진 사람인지 안다. 아무것도 불평하지 않고 언제나 같은 자리에서 도와주었다. 이모부가 진짜 내 아버지였으면 얼마나 좋을까. 그래. 이제는 진짜 아버지가 될 수도 있다. 내가 바라니까. 아직 혼란스럽다.

요 며칠 이 마을로 오기 전과 같아진 동생을 바라보는 일이 가장 힘들었다. 어떻게 채워 나가야 할지 아무도 모르는 침묵이 끔찍했다. 한번은 나 자신이 차라리 이런 일이 일어난 것이 모두에게 잘됐다고 말하는 소리를 들었다. 나도 믿을 수 없었다. 내가 그의 죽음을 바라고 있었다. 내 아버지의 죽음을? 너무 끔찍한 일이 아닌가……? 잘 모르겠다.

라우라와 미겔이 두 번이나 전화를 했다. 처음에는 우리 모두 좀 낯설었다. 두 번째에는 미겔 때문에 얼굴이 붉어졌다. 나를 볼 수 없었던 것이 다행이다! 내가 누군가에게 그렇게나 중요한 존재라는 느낌을 받아 본 적이 한 번도 없었다. 말로 표현하지 않아도 특별한 뭔가가 느껴졌다. 그렇다 해도 미겔을 더는 볼 수 없을 것 같다. 용기가 나지 않는다.

두 번째로 미겔이 전화를 걸었을 때, 고맙다는 말을 전했다. 그저 인사말로 들렸을 수도 있지만 진심에서 나온 말이었다.

나한테 일어났던 모든 일 때문에 나는 결코 미겔과 함께할 수 없을 것이다. 미겔을 보고 싶지 않다. 우리 관계는 거짓된 이야기, 거짓말에서 시작되었다. 미겔이 알아야 할 진실이 내 안에 남아 있다는 것을 안다. 하지만 미겔에게 진실을 말할 수는 없을 것 같다.

그가 나에게 괜찮은지 자꾸 물어봤을 때 사실 나는 굳어 버렸고, 외로움과 추위, 고통, 부끄러움, 죄책감, 두려움을 느끼고 있다는 사실을 고백할 수 없었다. 내가 어떻게 해야 한단 말인가! 내가 왜 그런 생각을 하는지 알지도 못하면서 어떻게 모든 것을 미겔한테 설명할 수 있을까! 왜 내 삶에 관해 이야기해야 하는지 말하는 것이 두렵다.

아무 일도 일어나지 않은 듯 살아가는 방법이 있다. 또 하나는 진실과 마주하는 것이다. 내 과거는 사실이다. 과거를 묻어 버릴 수는 없다. 그것이 중요하다.

안갯속에서 지내온 요 며칠 동안 나는 삶에 대해 생각했다. 삶은 우리가 기대했던 것과는 완전히 다른 결과를 가져오기도 한다. 예를 들면 이모와 동생과 내가 아무 말도 하지 않은 채 손을 꼭 잡고 있었던 순간, 침묵 속에서 우리가 그렇게 많은 이야기를 나눌 수 있으리라고는 결코 생각하지 못했다. 그건 하나의 발견이었다. 이모와 동생은 어떻게 느꼈을지 모르겠다. 하지만 나는 그 순간 사랑받고 있고 함께하고 있으며 내 이야기를 들어 준다는 느낌을 받았다. 우리의 손은 결코 우리가 말로 표현할 수 없을 많은 것들을 이야기해 주었다.

또한 죽음이 다른 사람들에게는 아주 간단한 일일 수 있다는 사실도 상상하지 못했다. 가까이에 있지 않은 사람에게는 죽은 사람이 아무 의미가 없다는 말이다. 서류를 작성하고 날짜를 선택하고…… 데려오고 데려가고 땅에 묻으면 끝이다. 아무 의미 없이 오고 가는 일이다.

나에게 아무 일도 없었던 것처럼 삶에서 죽음으로 건너 간다면 마음이 많이 아플 거다. 존재의 비밀은 어디에 있지? 죽기 전의 존재 자체가 중요한 게 아니라 다른 사람들을 위해 했던 일이 중요할 수 있다. 이것이 진정으로 가치가 있는 일인지도 모른다.

아버지는 살면서 위대한 사람이 아니었다. 수많은 문제를 일으켰고, 엄마와 우리의 삶을 힘겹게 했다. 하지만 그렇다 해도, 내 아버지였다. 나와 동생을 태어나게 했다. 그리고 어쨌든 우리는 여기에 있다. 그것이 사실이다.

밤 열한 시 오 분. 카르멘은 잠들었다. 나는 잠을 이룰 수가 없다. 내일, 모레, 그다음 날, 그리고 또 그다음 날 일어날 일들을 끊임없이 생각한다. 이미 개학을 했지만 나는 아직 학교에 가지 않았다. 우리 이야기를 사람들이 알게 될까 봐 두렵다. 나는 두려움과 함께 부끄러움도 느끼고 있다.

이 공책도 이제 끝나 간다. 거의 다 썼다. 어쩌면 지금 이 시점에서 일기를 끝내야 하는지도 모르겠다.

내 머릿속에는 태풍이 몰아치고 있다. 모든 것이 곤두서 있다. 그런데도 이상한 평온함을 느낀다. 너무나도 평온하다. 아직 그를 위해 울지 못했다.

1월 11일

토요일이다. 숲으로 산책을 나갔다. 정말 추웠다. 다행히 비는 내리지 않았다. 나는 혼자서 생각을 정리하고 싶었다.

어제 라우라가 전화를 해서 미겔을 바꿔 주었다. 미겔은 개강해서 대학으로 가기 전에 나를 보고 싶어 했다. 그러나 나는 지금 미겔의 눈을 마주할 자신이 없다. 미겔은 내일 떠난다.

미겔을 다시 볼 수 있을지 없을지 결심을 해 보려고 나무와 덤불숲 사이를 걸었다. 지난번에 갔던 곳이었다. 빛도 없고 아무것도 없었다. 나무들과 고요만이 깃들어 있었다. 내 생각들을 진정시킬 수 있다면 그 침묵의 소리를 들을 수 있을 것 같았다. 비올레타가 가끔 그랬던 것처럼 말이다. '다른 삶이 다가와서 부드러운 목소리로 말을 걸고 사랑해 줄 수 있도록 맡기는 것.' 아직도 생각난다.

나는 가만히 있었다. 갑자기 내 심장이 격하게 뛰는 소리가 들려왔다. 언제나 그렇게 뛰고 있는 것인지 아니면 인적이 없는 곳에서 느끼는 두려움 때문인지 알 수 없었지만 분명하게 심장 소리를 들을 수 있었다. 톡, 톡, 톡! 급하지 않았다. 초조하지도 않았다. 하지만 긴장이 되었다. 평화로웠다. 그렇다. 평화. 침착함. 너무나도 좋아서 영원히 그대로 머물고 싶은 순간이었다. 그러면서도 동시에 누가 쳐다보기라도 할까 봐 걱정스러운……. 제대로 설명을 했는지 모르겠다.

아주 잠깐만 불안했다. 다시 평화가 찾아왔다.

어쩌면 언젠가 동생이 이야기했던 상태, 그러니까 마법사들의 마법이 통하는 그런 상태일지도 모른다고 상상하기에 이르렀다.

눈을 감았다. 서 있었지만, 바닥에 발을 딛고 있다는 것도 거의 느끼지 못할 정도로 가만히 있었다. 춥다는 느낌도 들지 않았다. 알 수 없는 새로운 소리가 끊임없이 들려왔다. 나를 위해 노래를 불러 주는 자연의 하모니였다.

얼마나 시간이 흘렀는지 모르겠다. 다시 눈을 떴을 때 나는 절망적으로 울면서 아버지를 부르고 커다란 나무를 끌어안고 있었다. 어쨌든 나한테 생명을 주고 내가 지금 이곳까지 올 수 있도록 해 준 사람이었으니까.

돌아오는 길에 내가 달라졌다는 것을 느꼈다. 어떻게 설명해야 할지 모르겠다. 나의 한 부분이 이제 더는 존재하지 않고, 동시에 새로운 다른 어떤 것이 시작되고 있는 느낌이었다.

조금씩 비가 내리기 시작했다. 풍경이 완전히 달라졌다. 다르게 빛을 발하고 있었다. 그거 아니? 사건은 단순하게 발생한다. 하지만 진정으로 중요한 것은 그 사건이 나에게 어떤 영향을 미치는가 하는 것이다. 나에게 좋은 영향을 주는 것으로 만들 수도 있고, 나쁜 영향을 주는 것으로 만들 수도 있다. 경이로운 일이 될 수도 있고 끔찍한 일이 될 수도 있다.

이제 생각한다. 내 아버지도 아마 살면서 뭔가 좋은 일을 했을 거라고. 모든 것을 용서했다는 말은 아니지만.

1월 13일

다시 학교가 시작되었다. 동생도 다시 학교에 간다. 모든 것은 예상했던 틀 안에서 평소처럼 돌아갔다. 반 친구들 몇 명은 라우라를 통해 내 소식을 듣고 조의를 표했다. 다들 모든 사실을 알고 있는 것은 아니다. 사고였고 취한 상태였다는 정도로 알고 있었다. 어쨌든 그 사람이 이미 죽었기 때문에 더는 물어보지 않는다. 나도 더는 설명하지 않았다. 이제 편안하게 숨을 쉴 수 있다.

미겔은 어제 떠났다. 나는 미겔과 마주할 수가 없었다. 아직 준비되지 않았다. 미겔이 조금 슬퍼하면서 떠났다고 라우라가 말해 줬다. 라우라에게는 사실을 조금 이야기했다(조금씩 조금씩이기는 하지만 내가 솔직해질 수 있다는 것이 기쁘다). 이제 나 자신의 모습을 되찾아 가고 있지만 단둘이 만나는 건 조금 어렵다는 말도 했다. 라우라가 나를 안아 줬다. 그러고 나서 아주 조그만 상자 두 개를 주었다. 상자 하나에는 은으로 된 아주 가는 줄이 있었고 또 다른 상자에는 역시 은으로 된 조그만 방울이 있었다. 목걸이 줄은 라우라의 선물이고 방울은 미겔의 선물이었다. 짧은 메시지도 있었다. “웃고 행복해져.”

나는 참을 수가 없었다. 라우라의 목을 끌어안고 미친

듯 울음을 터뜨렸다. 안아 주는 건 참 좋다. 더 강해진 것처럼 느끼게 해 준다.

1월 16일

모든 것이 다시 자리를 잡아 가고 있다. 집에서도 우리 모두 평온을 되찾았다. 이모는 다시 병원에 전화를 걸어서 엄마에 대해 물어보았다. 좋아지고 있고, 이런 상태면 다음 달에는 면회를 할 수 있을 거라고 했다. 기쁘다.

동생은 내가 바라던 대로 다시 행복한 아이가 되었다. 우리를 짓누르던 돌이 깨져서 다시 회복할 수 있게 된 것 같다.

라우라와는 학교 친구 이상의 관계로 발전하고 있다. 우리는 점점 더 서로를 믿게 되는 것 같다. 물론 아직은 조심스럽지만 말이다. 나는 라우라를 무척 사랑한다. 나를 얼마나 많이 도와주고 있는지 모른다.

하지만 그 누구보다 미겔을 더욱 사랑한다. 나는 미겔의 사진을 한 장 갖고 있다. 라우라가 몰래 주었다. 일기를 쓰고 있는 지금도 그 사진을 내 앞에 놓고 있다. 방울 목걸이도 하고 있다. 시끄럽게 소리를 내지는 않지만, 웃고 행복해지라는 그 말을 떠오르게 할 만큼 충분한 소리를 낸다. 그렇게 되도록 노력할 거다.

미겔…… 보고 싶어!

1월 18일

너무 일이 많아서 생각을 못 하고 있었는데 다음 주가 내 생일이다. 이모와 이모부는 집에서 생일 파티를 해도 좋다고 허락을 해 주셨다. 정말 멋진 파티가 되었으면 좋겠다. 카르멘과 라우라가 파티 준비를 도와주기로 했다. 조금 긴장된다.

1월 22일

일기장을 다 썼다. 눈치 빠른 동생이 알아차렸다. 내가 라우라에게 선물했던 것과 똑같은 일기장을 선물해 줄 것 같다. 오늘 수업이 끝나고 나서 이모와 함께 토요일 파티에 쓸 장식품들을 사러 갔을 때 둘이 비밀스럽게 주고받는 눈빛에서 알아차렸다. 기대된다.

미겔의 소식은 듣지 못했다. 전화가 걸려 왔으면 싶고 그게 아니면 내가 전화를 걸고 싶다. 미겔!

1월 25일

생일 축하해!

아침 아홉 시 10분 전 카르멘이 무겁게 나를 덮치면서 귀를 깨물었다. 일어나!

선물 포장을 풀었다. '아! 너무 좋아. 나한테 필요했던 바로 그거야!' 일기장이었다.

동생 기분이 좋아지도록 지금 당장 쓰려고 한다. 지금 '그곳'에서 방을 함께 쓰던 마리사가 선물했던 일기장 마지막 장에 쓰고 있다. 이 공책을 선물받았던 그때를 확실하게 기억한다. 마리사는 나에게 글을 써야 한다고 말했다. 미쳐버리지 않기 위해서는 글을 쓰는 것이 최선이라고 했다. 그때는 그 말을 믿지 않았지만 이제는 옳았음을 안다.

아주 많은 시간이 흐른 것은 아니다. 첫 장의 날짜를 보면 10월 13일이다. 석 달 남짓한 시간이 지났을 뿐인데 몇 년이 지난 것 같다. 한평생인 것 같기도 하다!

나는 다른 사람이다.

'나는 아나다. 나는 거지 같다'라고 썼던 그 소녀는 이제 없다.

내 동생이 방금 선물한 이 새 일기장은('언니 삶의 새로운 페이지를 위해서'라고 써 주었다) 굉장히 다르게 시작될 것이다. '나는 아나다. 나는 행복하다…….' 아마도 이렇게 시작될 것 같다. 그렇다. 나는 행복하다. 내 동생과 이모와 이모부, 라우라……. 모두 나를 사랑하고 나 또한 그들을 사랑한다. 두 가지만 슬프다. 엄마! 가엾은 우리 엄마! 하지만 엄마는 틀림없이 좋아질 거다. 이제는 그 사람이 없고 우리가 도울 테니 모든 것이 달라질 거다. 두고 보면 알게 되겠지!

그리고 미겔이 있다. 보고 싶다. 상상할 수 있는 것보다 훨씬 더 보고 싶다. 내가 기쁘고 즐겁고 다른 사람들과 함께 있으면 잊어버릴 수 있을 거라고 생각했다. 오히려 그 반대다. 나에게 미겔이 얼마나 필요한 존재인지 알게 되었다. 미겔을 더 알고 사랑할 수 있는 기회가 왔으면 좋겠다. 내가 행복하다고 느낄 때 미겔 생각이 더 많이 난다. 터무니없는 일 아닌가?

모르겠다.

미겔, 보고 싶어!

여섯 시 정각

여섯 시 정각에 모든 것은 준비되었다. 그리고 아나는 기다렸다.

제일 먼저 문을 두드린 사람은 라우라였다. 미리 준비했던 것처럼 라우라 뒤로 다른 친구들이 거의 한꺼번에 도착했다.

아나는 행복했다. 이모와 이모부는 아이들끼리 파티를 즐기라고 이미 집을 나갔다. 거실은 깨끗하게 비워져 있었다. 소파와 의자는 한쪽 구석으로 밀어 놓았다. 모두들 음식을 둘러싸고 바닥에 앉았다. 음식은 마지막 손님이 도착하기도 전에 삽시간에 사라졌다. 그다음에 모두 춤을 추기 시작했다.

아나는 마지막을 위해 케이크를 남겨 놓고 싶었다. 누군가를 기다려서가 아니었다. 물론 마음속으로는 기다리고 있었지만. 가장 행복하다고 느끼는 지금 이 순간 미겔을 그리워하고 있었다. 초조함이 느껴지는 마음 한구석에 빈 구멍이 있었다. 진정되지 않았다. 친구들의 웃음소리와 놀이, 포옹, 선물이 잊을 수 없는 그 순간을, 평생 처음인 생일 파티를 가득 채워 주고 있었지만 말이다.

시곗바늘은 어느 때보다도 빨리 돌아가서 이모와 이모부가 돌아올 시간이 30분도 채 남지 않았다. 아나는 동생이 사 준 케이크를 꺼내야 할 순간이라는 것을 알았다.

케이크를 가지러 가려고 했다. 그런데 카르멘이 언니는 주인공이니 그 자리에서 꼼짝 말고 기다려야 한다고 했다.

방의 불이 꺼지고 온통 캄캄해졌다. 순간 고요해졌다. 갑자기 친구들이 큰 소리로 생일 축하 노래를 부르기 시작했다. 그때 생각지도 못했던 미겔이 촛불이 가득 켜진 케이크를 들고 환하게 웃으며 거실로 들어왔다.

놀라서 입을 다물지 못하는 아나에게 천천히 다가왔다.

"생일 축하해! 아나! 소원을 하나 빌고 촛불 꺼."

정말이지 너무나 놀랐다. 아나는 침을 삼켰다. 아무 생각도 나지 않았다. 동시에 너무 많은 소원이 생각나서 하나를 선택할 수가 없었다.

"자, 초가 다 녹겠다." 라우라가 소리쳤다.

"응. 알아. 잠깐만."

아나가 눈을 감았다가 떴다. 숨을 들이마시고 온 힘을 다해 촛불을 껐다. 친구들이 환호성을 지르자 두 배로 감동

한 아나의 얼굴에 눈물이 쏟아졌다.

뭔가 해야 했다. 정리를 하려고 했다. 그러나 동생이 오늘은 아나의 날이니까 완벽하게 즐기기만 해야 한다고 했다. 그러고는 미겔에게 은밀한 눈길을 보냈다.

둘은 거리로 나왔다. 침묵 속에 걸었다. 천천히 걸었지만 곧바로 마을의 가장 높은 곳에 도착했다. 미겔은 아나의 어깨를 한쪽 팔로 감쌌다. 아나는 미지근한 손의 온기에 몸이 떨렸다.

그 순간 비가 내리기 시작했고 둘은 교회 현관으로 비를 피해 달려갔다. 그곳에서는 보호받고 있다는 느낌이 들었다. 밤의 경치를 바라보았다.

"우편엽서 같아." 아나가 속삭이고 나서 바보 같은 말을 했다고 생각했다. 하지만 그건 환영이 아니라, 아나가 진정으로 느끼고 아나의 마음속에 각인된 풍경이었다. 아나에게 생기가 솟아나고 있는 것이었다.

미겔은 그렇게 해석할 줄 알았다.

"맞아. 예쁘고 평온해. 여기 참 좋다!"

멋진 경치에 힘을 얻어 둘은 서로를 바라보았다. 눈을 떼고 싶지 않았다. 그리고 그들의 눈길이 사랑으로 가득 찬 마음속까지 뚫고 들어왔다. 두 사람의 입술이 가볍게 스쳤고, 밤의 구름처럼 호흡이 뒤섞였다.

아나는 비를 피해 앉아 있던 고딕 건물에서 멀리 떨어

진 곳에 떠 있는 느낌이었다. 아나의 모습 또한 달라졌다. 자신의 손이 미겔의 손안에 맡겨진 것을 확인했다. 그 순간, 지금껏 뭔지도 모르는 채로 찾고 있던 어떤 것을 발견했다. 놀랄 만큼 부드러운 한 줄기 빛이 몰려왔다. 불현듯 아나에게 어떤 생각이 떠올랐다. 그때까지 이해하지 못했던, 그러나 지금 분명하게 빛나는 말이다. '너는 모든 것이야.'

"미겔!" 아나가 속삭였다. "미겔……!"

"나 여기 있어." 미겔이 따뜻하게 말했다.

그때 아나가 완전히 마음을 열었다. 다정한 증인처럼 비가 내리는 가운데 아나가 눈물과 함께 말을 쏟아 냈다. 아나가 경험한 모든 것들이 머릿속에 지나갔고 아나는 그것을 미겔에게 전해 주었다.

미겔이 지나간 자신의 모습을 알았으면 했다. 미겔의 사랑을 잃어버릴 수도 있다는 두려움을 느꼈다. 그러나 과거로부터 해방되고 싶었다. 삶과 사랑은 같은 말이었다.

시간이 흐르는 것도 몰랐다. 공간 역시 중요하지 않았다. 아나가 이야기를 끝냈을 때 목소리까지도 완전히 달라져 있었다. 이야기를 했다는 사실은 알았지만, 무슨 말을 했는지는 기억이 나지 않았다. 결코 말할 수 없을 거라고 생각했던 자신의 이야기를 고백한 것은 분명했다. 고요했다.

'그래서 이제 뭘?'

흔적처럼, 의식처럼, 아니면 희망처럼, 첫 번째로 머릿속에 떠오른 생각이었다. 아나가 생각하기도 전에 마음속에서 떠올랐다. '이제 이 순간의 기억을 지니고 뛰어나가든가 이 자리에서 죽든가 하는 거야. 나는 해낼 수 있었어. 하지만 두려워! 미겔을 바라볼 용기가 안 나. 나는 떨고 있고 미겔은 그걸 알고 있어. 미겔은…….'

미겔이 부드럽게 아나의 얼굴을 자기 얼굴 쪽으로 끌어당겼다. 두 사람의 눈이 다시 마주쳤다. 소금이 물에 녹듯 두려움이 녹았다. 그토록 오랜 시간 아나를 짓눌러 왔던 두려움과 떨림이 이제는 길 위의 흔적에 지나지 않았다.

아나는 더 깊이 숨을 들이마시고 그 순간을 영원히 마음속에 간직하기 위해 눈을 감았다. 눈을 뜨기 전에 미겔의 목소리가 들려와서 조용히 정신을 차릴 수 있었다.

"진정해, 아나. 진정해. 괜찮아. 괜찮아."

비가 그쳤다. 반짝이는 거리를 바라보았을 때 아나는 더 이상 혼자가 아니라는 사실을 깨달았다.

1월 25일

중요한 건 시작하고 싶은 마음이다.

나는 해냈다! 나는 새로운 아나다. 나는 해낼 수 있다는 걸 안다. 나는 행복하다.

사랑하는 미겔. 너를 사랑해. 여기 있어 줘서 고마워!

양철북 청소년문학 1

그리고 바람이 불었어

1판 1쇄 2021년 9월 23일
1판 4쇄 2022년 11월 2일

글쓴이 마리아 바사르트
옮긴이 김정하
펴낸이 조재은
편집 구희승 김명옥 김원영
디자인 육수정
마케팅 조희정 유현재

펴낸곳 (주)양철북출판사
등록 2001년 11월 21일 제25100-2002-380호
주소 서울시 영등포구 양산로 91 리드원센터 1303호
전화 02-335-6407
팩스 0505-335-6408
전자우편 tindrum@tindrum.co.kr
ISBN 978-89-6372-377-8 (03870)
값 12,000원

잘못된 책은 바꾸어 드립니다.